故湘纪行

GU XIANG JI XING

沈从文 著

山东美术出版社

作者像

作者简介：

　　他的作品被译成日本、美国、英国、俄国等四十多个国家的文字出版，并被美国、日本、韩国、英国等十多个国家或地区选进大学课本。他两度被提名为诺贝尔文学奖评选候选人。

　　沈从文不仅是作家，还是历史学家、考古学家。

目录

从文就是这样一个人。他不喜欢表现自己。可是我和他接触较多，就看出他身上有不少发光的东西。不仅有很高的才华，他还有一颗金子般的心。

——巴金

湘 行 散 记

一个戴水獭皮帽子的朋友

我由武陵(常德)过桃源时,坐在一辆新式黄色公共汽车上。车从很平坦的沿河大堤公路上奔驰而去,我身边还坐定了一个懂人情、有趣味的老朋友,这老友正特意从武陵县伴我过桃源县。他也可以说是一个"渔人",因为他的头上,戴的是一顶价值四十八元的水獭皮帽子,这顶帽子经过沿路地方时,却很能引起一些年轻娘儿们注意的。这老友是武陵地域中心春申君墓旁杰云旅馆的主人。常德、河洑、周溪、桃源,沿河近百里路以内"吃四方饭"的标致娘儿们,他无一不特别熟习;许多娘儿们也就特别熟习他那顶水獭皮帽子。但照他自己说,使他迷路的那点年龄业已过去了,如今一切已满不在乎,白脸长眉毛的女孩子再不使他心跳,水獭皮帽子,也并不需要娘儿们眼睛放光了。他今年还只三十五岁。十年前,在这一带地方凡有他撒野机会时,他从不放过那点机会。现在既已规规矩矩作了一个大旅馆的大老板,童心业已失去,就再也不胡闹了。当他二十五岁左右时,大约就有过一百个女人净白的胸膛被他亲近过。我坐在这样一个朋友的身边,想起国内无数中学生,在国文班上很认真地读陶靖节《桃花源记》情形,真觉得十分好笑。同这样一个朋友坐了汽车到桃源去,似乎太幽默了。

朋友还是个爱玩字画也爱说野话的人。从汽车眺望平堤远处,薄雾里错落有致的平田、房子、树木,皆如敷了一层蓝灰,一切极爽心悦目。汽车在大堤上跑去,又极平稳舒服。朋友口中糅合了雅兴与俗趣,带点儿惊讶嚷道:

"这野杂种的景致,简直是画!"

"自然是画!可是是谁的画?"我说,"牯子①大哥,你以为是谁的画?"我意思正想考问一下,看看我那朋友对于中国画一方面的知识。

---

① 即公牛。

他笑了。"沈石田这×××,强盗一样好大胆的手笔!"说时还用手比划着,这里一笔,那边一扫,再来磨磨蹭蹭,十来下,成了。

我自然不能同意这种赞美,因为朋友家中正收藏了一个沈周手卷,姓名真,画笔并不佳,出处是极可怀疑的。说句老实话,当前从窗口入目的一切,潇洒秀丽中带点雄浑苍莽气概,还得另外找寻一句恰当的比拟,方能相称啊。我在沉默中的意见,似乎被他看明白了,他就说:"看,牯子老弟你看,这点山头,这点树,那一片林梢,那一抹轻雾,真只有王麓台①××××画得出。因为他自己活到八九十岁,就真像只老狗。"

这一下可被他"猜"中了。我说:"这一下可被你说中了。我正以为目前远远近近风物极和王麓台卷子相近:你有他的扇面,一定看得出。因为它很巧妙地混合了秀气与沉郁,又典雅,又恬静,又不做作。不过有时笔不免脏脏的。"

"好,有的是你这文章魁首的形容!人老了,不大肯洗脸洗手,怎么不脏……"接着他就使用了一大串野蛮字眼儿,把我喊作小公牛,且把他自己水獭皮帽子向上翻起的封耳,拉下来遮盖了那两只冻得通红的耳朵,于是大笑起来了。仿佛第一次所说的话,本不过是为了引起我对于窗外景致注意而说,如今见我业已注意,充满兴趣地看车窗外离奇景色,他便很快乐地笑了。

他擎着我的肩膊很猛烈地摇了两下,我明白那是他极高兴的表示。我说:"牯子大哥,你怎么不学画呢?你一动手,就会弄得很高明的!"

"我讲,牯子老弟,别丢我吧。我也像是一个仇十洲②,但是只会画妇人的肚皮,真像你说,'弄得很高明'的!你难道不知道我是个什么人吗?鼻子一抹灰,能冒充绣衣哥吗?"

"你是个妙人。绝顶的妙人。"

"绣衣哥,得了,什么庙人、寺人,谁来割我的××?我还预备割掉许多男人的××,省得他们装模作样,在妇人面前露脸!我讨厌他们那种样子!"

"你不讨厌的。"

"牯子老弟,有的是你这绣衣哥说的。不看你面上,我一定要……"

---

① 即王原祁,清代画家。
② 即仇英,明代画家,擅人物画。

这个朋友言语行为皆粗中有细，且带点儿妩媚，可算得是个妙人！

这个人脸上不疤不麻，身个儿比平常人略长一点，肩膊宽宽的，且有两只体面干净的大手，初初一看，可以知道他是个军队中吃粮子上饭跑四方人物，但也可以说他是一个准绅士。从五岁起就欢喜同人打架，为一点儿小事，不管对面的一个大过了他多少，也一面辱骂一面挥拳打去。不是打得人鼻青脸肿，就是被人打得满脸血污。但人长大到二十岁后，虽在男子面前还常常挥拳比武，在女人面前，却变得异常温柔起来，样子显得很懂事怕事。到了三十岁，处世便更谦和了，生平书读得虽不多，却善于用书，在一种近于奇迹的情形中，这人无师自通，写信办公事时，笔下都很可观。为人性情又随和又不马虎，一切看人来，在他认为是好朋友的，掏出心子不算回事；可是遇着另外一种老想占他一点儿便宜的人呢，就完全不同了。—— 也就因此在一般人中他的毁誉是平分的；有人称他为豪杰，也有人叫他做坏蛋。但不妨事，把两种性格两个人格拼合拢来，这人才真是一个活鲜鲜的人！

十三年前我同他在一只装军服的船上，向沅水上游开去，船当天从常德开头，泊到周溪时，天已快要夜了。那时空中正落着雪子，天气很冷，船顶船舷都结了冰。他为的是惦念到岸上一个长眉毛白脸庞小女人，便穿了崭新绛色缎子的猞猁皮马褂，从那为冰雪冻结了的大小木筏上慢慢地爬过去，一不小心便落了水。一面大声嚷"牯子老弟，这下我可完了"，一面还是笑着挣扎。待到努力从水中挣扎上船时，全身早已为冰冷的水弄湿了。但他换了一件新棉军服外套后，却依然很高兴地从木筏上爬拢岸边，到他心中惦念那个女人身边去了。三年前，我因送一个朋友的孤雏转回湘西时，就在他的旅馆中，看了他的藏画一整天。他告我，有幅文徵明的山水，好得很，终于被一个婆娘攫走，十分可惜。到后一问，才知道原来他把那画卖了三百块钱，为一个小娼妇点蜡烛挂了一次衣。现在我又让那个接客的把行李搬到这旅馆中来了。

见面时我喊他："牯子大哥，我又来了，不认识我了吧。"

他正站在旅馆天井中分派用人抹玻璃，自己却用手抹着那顶绒头极厚的水獭皮帽子，一见到我就赶过来用两只手同我握手，握得我手指酸痛，大声说道："咳，咳，你这个小骚牯子又来了，什么风吹来的？妙极了，使人正想死你！"

"什么话，近来心里闲得想到北平城老朋友头上来了吗？"

"什么画，壁上挂，——当天赌咒，天知道，我正如何念你！"

这自然是一句真话，粮子上出身的人物，对好朋友说谎，原看成为一种罪恶。他想念我，只因为他新近花了四十块钱，买得一本倪元璐所摹写的武侯《前后出师表》。他既不知道这东西是从岳飞石刻《出师表》临来的，末尾那两颗巴掌大的朱红印记，把他更弄糊涂了。照外行人说来，字既然写得极其"飞舞"，四百也不觉得太贵，他可不明白那个东西应有的价值，又不明出处。花了那一笔钱，从一个川军退伍军官处把它弄到手，因此想着我来了。于是我们一面说点十年前的有趣野话，一面就到他的房中欣赏宝物去了。

这朋友年轻时，是个绿营中正标守兵名分的巡防军，派过中营衙门办事，在花园中栽花养金鱼。后来改做了军营里的庶务，又做过两次军需，又做过一次参谋。时间使一些英雄美人成尘成土，把一些傻瓜坏蛋变得又富又阔；同样的，到这样一个地方，我这个朋友，在一堆倏然而来悠然而逝的日子中，也就做了武陵县一家最清洁安静的旅馆主人，且同时成为爱好古玩字画的"风雅"人了。他既收买了数量可观的字画，还有好些铜器与瓷器，收藏的物件泥沙杂下，并不如何稀罕，但在那么一个小小地方，在他那种经济情形下，能力却可以说尽够人敬服了。若有什么风雅人由北方或由福建广东，想过桃源去看看，从武陵过身时，能泰然坦然把行李搬进他那个旅馆去，到了那个地方，看看过厅上的芦雁屏条，同长案上一切陈设，便会明白宾主之间实有同好，这一来，凡事皆好说了。

还有那向湘西上行过川黔考察方言歌谣的先生们，到武陵时最好就是到这个旅馆来下榻。我还不曾遇见过什么学者，比这个朋友更能明白中国格言谚语的用处。他说话全是活的，即便是诨话野话，也莫不各有出处，言之成章。而且妙趣百出，庄谐杂陈。他那言语比喻丰富处，真像是大河流水，永无穷尽。在那旅馆中住下，一面听他詈骂用人，一面使我就想起在北平城圈里编国语大辞典的诸先生，为一句话一个字的用处，把《水浒》《金瓶梅》《红楼梦》以及其他所有元明清杂剧小说翻来翻去，剪破了多少书籍！若果他们能够来到这旅馆里，故意在天井中撒一泡尿，或装作无心的样子，把些瓜果皮壳脏东西从窗口照习惯随意抛出去，或索性当着这旅馆老板面前，做点不守规矩缺少理性的行为。好，等着你就听听那做老板的骂出稀奇古怪字眼儿，你会觉得原来这里还搁下了一本活生生大辞典！倘若有个社会经济调查团，想从湘西弄到点材料，这旅馆也是最好下榻的处所。因为辰河沿岸码头的税收、烟价、妓女以及桐油、朱砂的出处行价,各个码头上管事的头目姓名脾气,他知道的也似乎比县衙门里"包打听"还更清楚。——他事情懂得多哩,只要想想,人还只在二十五岁左右,就有一百多个青年妇人在他面前裸露过胸膛同心子,从一个普通读书人来看,这是一种如何丰富吓人的经验!

只因我已十多年不再到这条河上,一切皆极生疏了,他便特别热心,答应伴送我过桃源,为我租雇小船,照料一切。

十二点钟我们从武陵动身,一点半钟左右,汽车就到了桃源县停车站。我们下了车,预备去看船时,几件行李成为极麻烦的问题了。老朋友说,若把行李带去,到码头边叫小划子时,那些吃水上饭的人,会"以逸待劳",把价钱放在一个高点上,使我们无法对付。若把行李寄放到另外一个地方,空手去看船,我们便又"以逸待劳"了。我信任了老朋友的主张,照他的意思,一到桃源站,我们就把行李送到一个卖酒曲的人家去。到了那酒曲铺子,拿烟的是个四十岁左右的中年胖妇人,他的干亲家。倒茶的是个十五六岁的白脸长身头发黑亮亮的女孩子,腰身小,嘴唇小,眼目清明如两粒水晶球儿,见人只是转个不停。论辈数,说是干女儿呢。坐了一阵,两人方离开那人家酒着手下河边去。在河街上一个旧书铺里,一帧无名氏的山水小景牵引了他的眼睛,二十块钱把画买定了。再到河边去看船,船上人知道我是那个大老板的熟人,价钱倒很容易说妥了。来回去让船总写保单,取行李,一切安排就绪,时间已快到半夜了。我那小船明天一早方能开头,我就邀他在船上住一夜。他却说酒曲铺子那个十五年前老伴的女儿,正炖了一只母鸡等着他去宵夜。点了一段废缆子,很快乐的跳上岸摇着晃着匆匆走去了。

他上岸从一些吊脚楼柱下转入河街时,我还听到河街一哨兵喊口号,他大声答着"百姓",表明他的身份。第二天天刚发白,我还没醒,小船就已向上游开动了。大约已经走了三里路,却听得岸上有个人喊我的名字,沿岸追来,原来是他从热被里脱出赶来送我的行的。船傍了岸。天落着雪,他站在船头一面抖去肩上雪片,一面质问弄船人,为什么船开得那么早。

我说:"牯子大哥,你怎么的,天气冷得很,大清早还赶来送我!"

他钻进舱里笑着轻轻地向我说:"牯子老弟,我们看好了的那幅画,我不想买了。我昨晚上还看过更好的一本册页!"

"什么人画的?"

"当然仇十洲。我怕仇十洲那××也画不出。牯子老弟,好得很……"话不说完他就大笑起来。我明白他话中所指了。

"你又迷路了吗?你不是说自己年已老了吗?"

"到了桃源还不迷路吗?自己虽老别人可年轻!牯子老弟,你好好地上船吧,不要胡思乱想我的事情,回来时仍住到我的旅馆里,让我再照料你上车吧。"

"一路复兴,一路复兴。"那么嚷着,于是他同豹子一样,一纵又上了岸,船就开了。

作于 1934 年

桃源与沅州

　　全中国的读书人，大概从唐朝以来，命运中注定了应读一篇《桃花源记》，因此把桃源当成一个洞天福地。人人皆知道那地方是武陵渔人发现的，有桃花夹岸，芳草鲜美。远客来到，乡下人就杀鸡温酒，表示欢迎。乡下人都是避秦隐居的遗民，不知有汉朝，更无论魏晋了。千余年来，读书人对于桃源的印象，既不怎么改变，所以每当国体衰弱发生变乱时，想做遗民的必多，这文章也就增加了许多人的幻想，增加了许多人的酒量。至于住在那儿的人呢，却无人自以为是遗民或神仙，也从不曾有人遇着遗民或神仙。

　　桃源洞离桃源县二十五里。从桃源县坐小船沿沅水上行，船到白马渡时，上南岸走去，忘路之远近乱走一阵，桃花源就在眼前了。那地方桃花虽不如何动人，竹林却很有意思。如椽如柱的大竹子，随处皆可发现前人用小刀刻画留下的诗歌。新派学生不甘自弃，也多刻下英文字母的题名。竹林里间或潜伏一二窮径壮士，待机会霍地从路旁跃出，仿照《水浒传》上英雄好汉行为，向游客发个利市，来个凑手不及，不免吃点小惊。桃源县城则与长江中部各小县城差不多，一入城门最触目的是推行印花税与某种公债的布告。城中有棺材铺官药铺，有茶馆酒馆，有米行脚行，有和尚道士，有经纪媒婆，庙宇祠堂多数为军队驻防，门外必有个武装同志站岗。土栈烟馆既照章纳税，就受当地军警保护。代表本地的出产，边街上有几十家玉器作坊，用珉石染红着绿，琢成酒杯笔架等物，货物品质平平常常，价钱却不轻贱。另外还有个名为"后江"的地方，住下无数公私不分的妓女，很认真经营她们的职业。有些人家在一个菜园平房里，有些却又住在空船上，地方虽脏一点倒富有诗意。这些妇女使用她们的下体，安慰军政各界，且征服了往还沅水流域的烟贩、木商、船主以及种种因公出差过路人。挖空了每个顾客的钱包，维持许多人生活，促进地方的繁荣。一县之长照例是个读书人，从史籍上早知道这是人类一种最古的职业，没有郡县以前就有了它，取缔既与"风俗"不合,且影响到若干人生活,因此就很正当的定下一些规章制度,向这些人来抽收一种捐税(并采取了个美丽名词叫作"花捐"),把这笔款项用来补充地方行政、保安,或城乡教育经费。

桃源既是个有名地方,每年自然有许多"风雅"人,心慕古桃源之名,二三月里携了《陶靖节集》与《诗韵集成》等参考资料和文房四宝,来到桃源县访幽探胜。这些人往桃源洞赋诗前后,必尚有机会过后江走走,由朋友或专家引导,这家那家坐坐,烧盒烟,喝杯茶。看中意某一个女人时,问问行市,花个三元五元,便在那万人用过的花板床上,压着那可怜妇人胸膛放荡一夜。于是记游诗上多了几首无题艳遇诗,把"巫峡神女""汉皋解佩""刘阮天台"等等典故,一律引用到诗上去。看过了桃源洞,这人平常若是很谨慎的,自会觉得应当即早过医生处走走,于是匆匆地回家了。至于接待过这种外路"风雅"人的神女呢,前一夜也许陆续接待过了三个麻阳船水手,后一夜又得陪伴两个贵州省牛皮商人。这些妇人照例说不定还被一个散兵游勇,一个县公署执达吏,一个公安局书记,或一个当地小流氓长时期包定占有,客来时那人往烟馆过夜,客去后再回到妇人身边来烧烟。

妓女的数目占城中人口比例数不小。因此仿佛有各种原因,她们的年龄都比其他大都市更无限制。有些人年在五十以上,还不甘自弃,同孙女辈行来参加这种生活斗争,每日轮流接待水手同军营中火夫。也有年纪不过十四五岁,乳臭尚未脱尽,便在那儿服侍客人过夜的。

她们的技艺是烧烧鸦片烟,唱点流行小曲,若来客是粮子上跑四方人物,还得唱唱军歌党歌和时下电影明星的新歌,应酬应酬,增加兴趣。她们的收入有些一次可得洋钱二十三十,有些一整夜又只得一块八毛。这些人有病本不算一回事。实在病重了,不能做生意挣饭吃,间或就上街到西药房去打针,六零六三零三扎么几下,或请走方郎中配副药,朱砂茯苓乱吃一阵,只要支持得下去,总不会坐下来吃白饭。直到病倒了,毫无希望可言了,就叫毛伙用门板抬到那类住在空船中孤身过日子的老妇人身边去,尽她咽最后那一口气。死去时亲人呼天抢地哭一阵,馨所有请和尚安魂念经,再托人赊购副四合头棺木,或借"大加一"买副薄薄板片,土里一埋也就完事了。

桃源地方已有公路,直达号称湘西咽喉的武陵(常德),每日都有八辆十辆新式载客汽车,按照一定时刻在公路上奔驰。距常德约九十里,车票价钱一元零。这公路从常德且直达湖南省会长沙,汽车路程约四小时,车票价约六元。公路通车时,有人说这条公路在湘省经济上具有极大意义,意思是对于黔省出口特货运输可方便不少。这人似乎不知道特货过境每次必三百担五百担,公路上一天不过十几辆汽车来回,若非特货再加以精制,每天能运输多少?关于特货的精制,在各省严厉禁烟宣传中,平民谁还有胆量来做这种非法勾当。假若在桃源县某种铺子里,居然有人能够设法购买一点黄色粉末药物,作为谈天口气,随便问问,就会明白那货物的来源是有来头的。信不信由你,大股东中大头脑有什么"龄"字辈"子"字辈,还有沿江之督办,上海之闻人。且明白出产地并不是桃源县城。沿江上行六十里,有二十部机器日夜加工,运输出口时或用轮船直往汉口,却不需借公路汽车转运长沙。

真可称为桃源名产值得引人注意的,是家鸡同鸡卵。街头巷尾无处不可以发现这种冠赤如火庞大庄严的生物,经常有重达一二十斤的。凡过路人初见这地方鸡卵,必以为鸭卵或鹅卵。其次,桃源有一种小划子,轻捷、稳当、干净,在沅水中可称首屈一指。一个外省旅行者,若想从湘西的永绥、乾城、凤凰研究湘边苗族的分布状况;或想从湘西往四川的酉阳、秀山调查桐油的生产;往贵州的铜仁调查朱砂水银的生产,往玉屏调查竹料种类,注意造箫制纸的手工业生产情况,皆可在桃源县魁星阁下边,雇妥那么一只小船,沿沅水溯流而上,直达目的地,到地时取行李上岸落店,毫无何等困难。

一只桃源小划子上只能装载一二客人。照例要个舵手,管理后梢,调动船只左右。张挂风帆,松紧帆索,捕捉河面山谷中的微风;放缆拉船,量渡河面宽窄与河流水势,伸缩竹缆。另外还要个拦头工人,上滩下滩时看水认容口,出事前提醒舵手躲避石头、恶浪与泷流,出事后点篙子需要准确、稳重。这种人还要有胆量、有气力、有经验。张帆落帆都得很敏捷地即时拉桅下绳索。走风船行如箭时,便蹲坐在船头上叫喝呼啸,嘲笑同行落后的船只。自己船只落后被人嘲骂时,还要回骂,人家唱歌也得用歌声作答。两船相碰说理时,不让别人占便宜。动手打架时,先把篙子抽出拿在手上。船只逼入急流乱石中,不问冬夏,都得敏捷而勇敢地脱光衣裤,向急流中跑去,在水里尽肩背之力使船只离开险境。掌舵的因事故不能尽职,就从船顶爬过船尾去,作个临时舵手。船上若有小水手,还应事事照料小水手,指点小水手。更有一份不可推却的职务,便是在一切过失上,应与掌舵的各据小船一头,相互辱宗骂祖,继续使船前进,小船除此两人以外,尚需要个小水手居于杂务地位,淘米、烧饭、切菜、洗碗,无事不作。行船时应荡桨就帮同荡桨,应点篙就帮同持篙。这种小水手大都在学习期间,应处处留心,取得经验同本领。除了学习看水、看风、记石头,使用篙桨以外,也学习挨打挨骂。尽各种古怪稀奇字眼儿成天在耳边反复响着,好好地保留在记忆里,将来长大时再用它来辱骂旁人。上行无风吹,一个人还负了纤板,曳着一段竹缆,在荒凉河岸小路上拉船前进。小船停泊码头边时,又得规规矩矩守船。关于他们的经济情势,舵手多为船家长年雇工,平均算来合八分到一角钱一天。拦头工有长年雇定的,人若年富力强多经验,待遇同掌舵的差不多。若只是短期包来回,上行平均每天可得一毛或一毛五分钱,下行则尽义务吃白饭而已。至于小水手,学习期限看年龄同本事来,有些人每天可得两分钱作零用,有些人在船上三年五载吃白饭。上滩时一个不小心,闪不知被自己手中竹篙弹入乱石激流中,泅水技术又不在行,在水中淹死了,船主方面写得有字据,生死家长不能过问。掌舵的把死者剩余的一点衣服交给亲长说明白落水情形后,烧几百钱纸,手续便清楚了。

　　一只桃源划子,有了这样三个水手,再加上一个需要赶路、有耐心、不嫌孤独、能花个二十三十的乘客,这船便在一条清明透澈的沅水上下游移动起来了。在这条河里在这种小船上作乘客,最先见于记载的一人,应当是那疯疯癫癫的楚逐臣屈原。在他自己的文章里,他就说道:"朝发枉渚兮,夕宿辰阳。"若果他那文章还值得称引,我们尚可以就"沅有芷兮澧有兰"与"乘舲上沅"这些话,估想他当年或许就坐了这种小船,溯流而上,到过出产香草香花的沅州。沅州上游不远有个白燕溪,小溪谷里生长芷草,到如今还随处可见。这种兰科植物生根在悬崖罅隙间,或蔓延到松树枝桠上,长叶飘拂,花朵下垂成一长串,风致楚楚。花叶形体较建兰柔和,香味较建兰淡远。游白燕溪的可坐小船去,船上人若伸手可及,多随意伸手摘花,顷刻就成一束。若崖石过高,还可以用竹篙将花打下,尽它堕入清溪洄流里,再从溪里把花捞起。除了兰芷以外,还有不少香草香花,在溪边崖下繁殖。那种黛色无际的崖石,那种一丛丛幽香眩目的奇葩,那种小小洄旋的溪流,合成一个如何不可言说、迷人心目的圣境!若没有这种地方,屈原便再疯一点,据我想来,他文章未必就能写得那么美丽。

　　什么人看了我这个记载,若神往于香草香花的沅州,居然从桃源包了小船过沅州去,希望实地研究解决《楚辞》上几个草木问题,到了沅州南门城边，也许无意中会一眼瞥见城门上有一片触目黑色，因好奇想明白它，一时可无从向谁去询问。他所见到的只是一片新的血迹，并非什么古迹。有个晃州姓唐的青年，北京农科大学毕业生，在沅州晃州两县，用党务特派员资格，率领了两万以上四乡农民和一群青年学生，肩持各种农具，上城请愿。守城兵先已得到长官命令，不许请愿群众进城。于是双方自然发生了冲突。一面是旗帜、木棒、呼喊与愤怒；一面是居高临下，一尊机关枪同十支步枪。街道既那么窄，结果站在最前线上的特派员同四十多个青年学生与农民，便全在城门边牺牲了。其余农民一看情形不对，抛下农具四散跑了。那个特派员的尸体，于是被兵士用刺刀钉在城门木板上示众三天。三天过后，便连同其他牺牲者，一齐抛入屈原所称赞的清流里喂鱼吃了。几年来本地人在战争反复中被派捐拉夫，在应付差役中把日子混过去，大致把这件事也慢慢地忘掉了。

桃源小船载到沅州府，舵手把客人行李扛上岸，讨得酒钱回船时，这些水手必乘兴过南门外皮匠街走走。那地方同桃源的后江差不多，住下不少经营最古职业的人物，地方既非商埠，价钱可公道一些。花五角钱关一次门，上船时还可以得一包黄油油的上净烟丝，那是十年前的规矩。照目前百物昂贵情形想来，一切当然已不同了，出钱的花费也许得多一点，收钱的待客也许早已改用"美丽牌"代替"上净丝"了。

或有人在皮匠街蓦然间遇见水手，对水手发问："弄船的，'肥水不落外人田'，家里有的你让别人用，用别人的你还得花钱，这上算吗？"

那水手一定会拍着腰间麂皮抱兜，笑眯眯地回答说："大爷，'羊毛出在羊身上'，这钱不是我桃源人的钱，上算的。"

他回答的只是后半截，前半截却不必提。本人正在沅州，离桃源远过六七百里，桃源那一个他管不着。

便因为这点哲学，水手们的生活，比起"风雅人"来似乎也洒脱多了。若说话不犯忌讳，无人疑心我"袒护无产阶级"，我还想说，他们的行为，比起那些读了些"子曰"，带了五百家香艳诗去桃源寻幽访胜，过后江讨经验的"风雅人"来，也实在还道德得多。

1935 年 3 月，北平大城中

鸭窠围的夜

天快黄昏时落了一阵雪子，不久就停了。天气真冷，在寒气中一切都仿佛结了冰。便是空气，也像快要冻结的样子。我包定的那一只小船，在天空大把撒着雪子时已泊了岸，从桃源县沿河而上这已是第五个夜晚。看情形晚上还会有风有雪，故船泊岸边时便从各处挑选好地方。沿岸除了某一处有片沙岨宜于泊船以外，其余地方全是黛色如屋的大岩石。石头既然那么大，船又那么小，我们都希望寻觅得到一个能作小船风雪屏障，同时要上岸又还方便的处所。凡是可以泊船的地方早已被当地渔船占去了。小船上的水手，把船上下各处撑去，钢钻头敲打着沿岸大石头，发出好听的声音，结果这只小船，还是不能不同许多大小船只一样，在正当泊船处插了篙子，把当作锚头用的石碇抛到沙上去，尽那行将来到的风雪，摊派到这只船上。

这地方是个长潭的转折处，两岸是高大壁立千丈的山，山头上长着小小竹子，长年翠色逼人。这时节两山只剩余一抹深黑，赖天空微明为画出一个轮廓。但在黄昏里看来如一种奇迹的，却是两岸高处去水已三十丈上下的吊脚楼。这些房子莫不俨然悬挂在半空中，借着黄昏的金光，还可以把这些稀奇的楼房形体，看得出个大略。这些房子同沿河一切房子有个共通相似处，便是从结构上说来，处处显出对于木材的浪费。房屋既在半山上，不用那么多木料，便不能成为房子吗？半山上也用吊脚楼形式，这形式是必须的吗？然而这条河水的大宗出口是木料，木材比石块还不值价。因此，即或是河水永远长不到处，吊脚楼房子依然存在，似乎也不应当有何惹眼惊奇了。但沿河因为有了这些楼房，长年与流水斗争的水手，寄身船中枯闷成疾的旅行者，以及其他过路人，却有了落脚处了。这些人的疲劳与寂寞是从这些房子中可以一律解除的。地方既好看，也好玩。

河面大小船只泊定后，莫不点了小小的油灯，拉了篷。各个船上皆在后舱烧了火，用铁鼎罐煮红米饭。饭焖熟后，又换锅子熬油，哗的把菜蔬倒进热锅里去。一切齐全了,各人蹲在舱板上三碗五碗把腹中填满后,天已夜了。水手们怕冷怕动的,收拾碗盏后,就莫不在舱板上摊开了被盖,把身体钻进那个预先卷成一筒又冷又湿的硬棉被里去休息。至于那些想喝一杯的,发了烟瘾得靠靠灯,船上烟灰又翻尽了的,或一无所为,只是不甘寂寞,好事好玩想到岸上去烤烤火谈谈天的,便莫不提了桅灯,或燃一段废缆子,摇晃着从船头跳上了岸,从一堆石头间的小路径,爬到半山上吊脚楼房子那边去,找寻自己的熟人,找寻自己的熟地。陌生人自然也有来到这条河中来到这种吊脚楼房子里的时节,但一到地,在火堆旁小板凳上一坐,便是陌生人,即刻也就可以称为熟人乡亲了。

这河边两岸除了停泊有上下行的大小船只三十左右以外,还有无数在日前趁融雪涨水放下形体大小不一的木筏。较小的木筏,上面供给人住宿过夜的棚子也不见,一到了码头,便各自上岸找住处去了。大一些的木筏呢,则有房屋,有船只,有小小菜园与养猪养鸡栅栏,还有女眷和小孩子。

黑夜占领了全个河面时,还可以看到木筏上的火光,吊脚楼窗口的灯光,以及上岸下船在河岸大石间飘忽动人的火炬红光。这时节岸上船上都有人说话,吊脚楼上且有妇人在黯淡灯光下唱小曲的声音,每次唱完一支小曲时,就有人笑嚷。什么人家吊脚楼下有匹小羊叫,固执而且柔和的声音,使人听来觉得忧郁。我心中想着:"这一定是从别一处牵来的,另外一个地方,那小畜生的母亲,一定也那么固执地鸣着吧。"算算日子,再过十一天便过年了。"小畜生明不明白只能在这个世界上活过十天八天?"明白也吧,不明白也吧,这小畜生是为了过年而赶来,应在这个地方死去的。此后固执而又柔和的声音,将在我耳边永远不会消失。我觉得忧郁起来了。我仿佛触着了这世界上一点东西,看明白了这世界上一点东西,心里软和得很。

但我不能这样子打发这个长夜。我把我的想象,追随了一个唱曲时清中夹沙的妇女声音,到她的身边去了。于是仿佛看到了一个床铺,下面是草荐,上面摊了一床用旧帆布或别的旧货做成脏而又硬的棉被,搁在床正中被单上面的是一个长方木托盘,盘中有一把小茶盏、一个小烟盒、一支烟枪、一块小石头、一盏灯。盘边躺着一个人在烧烟。唱曲子的妇人,或是袖了手捏着自己的膀子站在吃烟者的面前,或是靠在男子对面的床头,为客人烧烟。房子分两进,前面临街,地是土地,后面临河,便是所谓吊脚楼了。这些人房子窗口既一面临河,可以凭了窗口呼喊河下船中人,当船上人过了瘾,胡闹已够,下船时,或者尚有些事情嘱托,或有其他原因,一个晃着火炬停顿在大石间,一个便凭立在窗口,"大佬你记着,船下行时又来。""好,我来的,我记着的。""你见了顺顺就说:会呢,完了;孩子大牛呢,脚膝骨好了。细粉带三斤,冰糖或片糖带三斤。""记得到,记得到,大娘你放心,我见了顺顺大爷就说:'会呢,完了。大牛呢,好了。细粉来三斤,冰糖来三斤。'""杨氏,杨氏,一共四吊七,莫错账!""是的,放心呵,你说四吊七就四吊七,年三十夜莫会要你多的!你自己记着就是了!"这样那样地说着,我一一都可听到,而且一面还可以听着在黑暗中某一处咩咩的羊鸣。

我明白这些回船的人是上岸吃过"荤烟"了的。我还估计得出,这些人不吃"荤烟",上岸时只去烤烤火的,到了那些屋子里时,便多数只在临街那一面铺子里。这时节天气太冷,大门必已上好了,屋里一隅或点了小小油灯,屋中土地上必就地掘了浅凹火炉膛,烧了些树根柴块。火光煜煜,且时时刻刻爆炸着一种难于形容的声音。火旁矮板凳上坐有船上人、木筏上人,有对河住家的熟人。且有虽为天所厌弃还不自弃年过七十的老妇人,闭着眼睛蜷成一团蹲在火边,悄悄地从大袖筒里取出一片薯干或一枚红枣,塞到嘴里去咀嚼。有穿着肮脏身体瘦弱的孩子,手擦着眼睛傍着火旁的母亲打盹。屋主人有未退伍的老军人,有翻船背运的老水手,有单身寡妇,借着火光灯光,可以看得出这屋中的大略情形,三堵木板壁上,一面必有个供奉祖宗的神龛,神龛下空处或另一面,必贴了一些大小不一的红白名片。这些名片倘若有那些好事者加以注意,用小油灯照着,去仔细检查检查,便可以发现许多动人的名衔,军队上的连副、上士、一等兵,商号中的管事,当地的团总、保正、催租吏,以及照例姓滕的船主、洪江的木簰商人,与其他各行各业人物,无所不有。这是近一二十年来经过此地若干人中一小部分的题名录。这些人各用一种不同的生活,来到这个地方,且同样的来到这些屋子里,坐在火边或靠近床边,逗留过若干时间。这些人离开了此地后,在另一世界里还是继续活下去,但除了同自己的生活圈子中人发生关系以外,与一同在这个世界上其他的人,却仿佛便毫无关系可言了。他们如今也许早已死掉了;水淹死的,枪打死的,被外妻用砒霜谋杀的,然而这些名片却依然将好好的保留下去。也许有些人已成了富人名人,成了当地的小军阀,这些名片却仍然写着催租人、上士等等的衔头。除了这些名片,那屋子里是不是还有比它更引人注意的东西呢?锯子、小捞兜、香烟大画片、装干栗子的口袋……

提起这些问题时使人心中很激动。我到船头上去眺望了一阵。河面静静的,木筏上火光小了,船上的灯光已很少了,远近一切只能借着水面微光看出个大略情形。另外一处的吊脚楼上,又有了妇人唱小曲的声音,灯光摇摇不定,且有猜拳声音。我估计那些灯光同声音所在处,不是木筏上的簰头在取乐,就是水手们小商人在喝酒。妇人手指上说不定还戴了水手特别为从常德府捎带来的镀金戒指,一面唱曲一面把那只手理着鬓角,多动人的一幅图画! 我认识他们的哀乐,这一切我也有份。看他们在那里把每个日子打发下去,也是眼泪也是笑,离我虽那么远,同时又与我那么相近。这正是同读一篇描写西伯利亚的农人生活动人作品一样,使人掩卷引起无言的哀戚。我如今只用想象去领味这些人生活的表面姿态,却用过去一份经验,接触着了这种人的灵魂。

羊还固执地鸣着。远处不知什么地方有锣鼓声音,那一定是某个人家禳土酬神还愿巫师的锣鼓。声音所在处必有火燎与九品蜡,照耀争辉。眩目火光下必有头包红布的老巫师独立作旋风舞,门上架上有黄钱,平地有装满了谷米的平斗。有新宰的猪羊伏在木架上,头上插着小小五色纸旗。有行将为巫师用口把头咬下的活公鸡,缚了双脚与翼翅,在土坛边无可奈何地躺卧。主人锅灶边则热了满锅猪血稀粥,灶中正火光熊熊。

邻近一只大船上,水手们已静静地睡下了,只剩余一个人吸着烟,且时时刻刻把烟管敲着船舷。也像听着吊脚楼的声音,为那点声音所激动,引起种种联想,忽然按捺自己不住了,只听到他轻轻地骂着野话,擦了支自来火①,点上一段废缆,跳上岸往吊脚楼那里去了。他在岸上大石间走动时,火光便从船篷空处漏进我的船中。也是同样的情形吧,在一只装载棉军服向上行驶的船上,泊到同样的岸边,躺在成束成捆的军服上面,夜既太长,水手们爱玩牌的各蹲坐在舱板上小油灯光下玩天九,睡既不成,便胡乱穿了两套棉军服,空手上岸,借着石块间还未融尽残雪返照的微光,一直向高岸上有灯光处走去。到了街上,除了从人家门罅里露出的灯光成一条长线横卧着,此外一无所有。在计算中以为应可见到的小摊上成堆的花生,用"哈德门"长烟盒装着干瘪瘪的小橘子,切成小方块的片糖,以及在灯光下看守摊子把眉毛扯得极细的妇人(这些妇人无事可做时还会在灯光下做点针线的),

---

① 指火柴。

如今什么也没有。既不敢冒昧闯进一个人家里面去,便只好又回转河边船上了。但上山时向灯光凝聚处走去,方向不会错误。下河时可糟了。糊糊涂涂在大石小石间走了许久,且大声喊着,才走近自己所坐的一只船。上船时,两脚全是泥,刚攀上船舷还不及脱鞋落舱,就有人在棉被中大喊:"伙计哥子们,脱鞋呀!"把鞋脱了还不即睡,便镶到水手身旁去看牌,一直看到半夜。——十五年前自己的事,在这样地方温习起来,使人对于命运感到十分惊异。我懂得那个忽然独自跑上岸去的人,为什么上去的理由!

等了一会,邻船上那人还不回到他自己的船上来,我明白他所得的必比我多了一些。我想听听他回来时,是不是也像别的船上人,有一个妇人在吊脚楼窗口喊叫他。许多人都陆续回到船上了,这人却没有下船。我记起水手柏子。但是,同样是水上人,一个那么快乐地赶到岸上去,一个却是那么寂寞地跟着别人后面走上岸去,到了那些地方,情形不会同柏子一样,也是很显然的事了。

为了我想听听那个人上船时那点推篷声音,我打算着,在一切声音全已安静时,我仍然不能睡觉。我等待那点声音。大约到午夜十二点,水面上却起了另外一种声音。仿佛鼓声,也仿佛汽油船马达转动声,声音慢慢地近了,可是慢慢地又远了。像是一个有魔力的歌唱,单纯到不可比方,也便是那种固执的单调,以及单调的延长,使一个身临其境的人,想用一组文字去捕捉那点声音,以及捕捉在那长潭深夜一个人为那声音所迷惑时节的心情,实近于一种徒劳无功的努力。那点声音使我不得不再从那个业已用被单塞好空罅的舱门,到船头去搜索它的来源。河面一片红光,古怪声音也就从红光一面掠水而来。原来日里隐藏在大岩下的一些小渔船,在半夜前早已静悄悄地下了拦江网。到了半夜,把一个从船头伸在水面的铁兜,盛上燃着熊熊烈火的油柴,一面用木棒槌有节奏地敲着船舷各处漂去。身在水中见了火光而来与受了枋声吃惊四窜的鱼类,便在这种情形中触了网,成为渔人的俘虏。当地人把这种捕鱼方法叫"赶白"。

一切光,一切声音,到这时节已为黑夜所抚慰而安静了,只有水面上那一份红光与那一派声音。那种声音与光明,正为着水中的鱼和水面的渔人生存的搏战,已在这河面上存在了若干年,且将在接连而来的每个夜晚依然继续存在。我弄明白了,回到舱中以后,依然默听着那个单调的声音。我所看到的仿佛是一种原始人与自然战争的情景。那声音,那火光,都近于原始人类的战争，把我带回到四五千年那个"过去"时间里去。

　　不知在什么时候开始落了很大的雪，听船上人细语着，我心想，第二天我一定可以看到邻船上那个人上船时节，在岸边雪地上留下那一行足迹。那寂寞的足迹，事实上我却不曾见到，因为第二天到我醒来时，小船已离开那个泊船处很远了。

作于 1934 年

一九三四年一月十八

　　我仿佛被一个极熟的人喊了又喊,人清醒后那个声音还在耳朵边。原来我的小船已开行了许久,这时节正在一个长潭中顺风滑行,河水从船舷轻轻擦过,把我弄醒了。

　　我的小船今天应当停泊到一个大码头,想起这件事,我就有点儿慌张起来了。小船应停泊的地方,照史籍上所说,出丹砂,出辰川符。事实上却只出胖人,出肥猪,出边炮,出雨伞。一条长长的河街,在那里可以见到无数水手柏子与无数柏子的情妇。长街尽头飘扬着用红黑二色写上扁方体字税关的幡信,税关前停泊了无数上下行验关的船只。长街尽头油坊围墙如城垣,长年有油可打。打油匠摇荡悬空油槌,訇的向前抛去时,莫不伴以摇曳长歌,由日到夜,不知休止。河中长年有大木筏停泊,每一木筏浮江而下时,同时四方角隅至少有三十个人举桡激水。沿河吊脚楼下泊定了大而明黄的船只,船尾高张,常到两丈左右,小船从下面过身时,仰头看去恰如一间大屋(那上面必用金漆写得有福字同顺字)。这个地方就是我一提及它时充满了感情的辰州。

　　小船去辰州还约三十里,两岸山头已较小,不再壁立拔峰,渐渐成为一堆堆黛色与浅绿相间的丘阜,山势既较和平,河水也温和多了。两岸人家渐渐越来越多,随处可以见到毛竹林。山头已无雪,虽尚不出太阳,气候干冷,天空倒明明朗朗。小船顺风张帆向上流走去时,似乎异常稳定。

　　但小船今天至少还得上三个滩与一个长长的急流。

　　大约九点钟时,小船到了第一个长滩脚下了,白浪从船旁跑过快如奔马,在惊心眩目情形中小船居然上了滩。小船上滩照例并不如何困难,大船可不同一点。滩头上就有四只大船斜卧在白浪中大石上,毫无出险的希望。其中一只货船,大致还是昨天才坏事的,只见许多水手在石滩上搭了棚子住下,且摊晒了许多被水浸湿的货物。正当我那只小船上完第一滩时,却见一只大船,正搁浅在滩头激流里。只见一个水手赤裸着全身向水中跳去,想在水中用肩背之力使船只活动,可是人一下水后,就即刻为激流带走了。在浪声哮吼里尚听到岸上人沿岸追喊着,水中那一个大约也回答着一些遗嘱之类,过一会儿,人便不见了。这个滩共有九段。这件事从船上人看来,可太平常了。

小船上第二段时,河流已随山势曲折,再不能张帆取风,我担心到这小小船只的安全问题,就向掌舵水手提议,增加一个临时纤手,钱由我出。得到了他的同意,一个老头子,牙齿已脱,白须满腮,却如古罗马战士那么健壮,光着手脚蹲在河边那个大青石上讲生意来了。两方面都大声嚷着而且辱骂着,一个要一千,一个却只出九百,相差那一百钱折合银洋约一分一厘。那方面既坚持非一千文不出卖这点气力,这一方面却以为小船根本不必多出这笔钱给一个老头子。我即或答应了不拘多少钱统由我出,船上三个水手,一面与那老头子对骂,一面把船开到急流里去了。见小船已开出后,老头子方不再坚持那一份钱,却赶忙从大石上一跃而下,自动把背后纤板上短绳,缚定了小船的竹缆,躬着腰向前走去了。

待到小船业已完全上滩后,那老头就赶到船边来取钱,互相又是一阵辱骂。得了钱,坐在水边大石上一五一十数着。我问他有多少年纪,他说七十七。那样子,简直是一个托尔斯泰!眉毛那么长,鼻子那么大,胡子那么多,一切都同画像上的托尔斯泰相去不远。看他那数钱神气,人快到八十了,对于生存还那么努力执着,这人给我的印象真太深了。但这个人在他们弄船人看来,一个又老又狡猾的东西罢了。

小船上尽长滩后,到了一个小小水村边,有母鸡生蛋的声音,有人隔河喊人的声音,两山不高而翠色迎人。许多等待修理的小船,一字排开斜卧在岸上,有人在一只船边敲敲打打,我知道他们正用麻头与桐油石灰嵌进船缝里去。一个木筏上面还搁了一只小船,在平潭中溜着。忽然村中有炮仗声音,有唢呐声音,且有锣声;原来村中人正接媳妇。锣声一起,修船的,放木筏的,划船的,无不停止了工作,向锣声起处望去。—— 多美丽的一幅画图,一首诗!但除了一个从城市中因事挤出的人觉得惊讶,难道还有谁看到这些光景矍然神往?

下午二时左右,我坐的那只小船,已经把辰河由桃源到沅陵一段路程主要滩水上完,到了一个平静长潭里。天气转晴,日头初出,两岸小山作浅绿色,山水秀雅明丽如西湖。船离辰州只差十里,我估计过不久,船到了白塔下再上个小滩,转过山岨,就可以见到税关上飘扬的长幡信了。

想起再过两点钟,小船泊到泥滩上后,我就会如同我小说写到的那个柏子一样,从跳板一端摇摇荡荡地上了岸,直向有吊脚楼人家的河街走去,再也不能蜷伏在船里了。

我坐到后舱口日光下,向着河流清算我对于这条河水这个地方的一切旧账。原来我离开这地方已十六年。十六年的日子实在过得太快了一点。想起从这堆日子中所有人事的变迁,我轻轻地叹息了好些次。这地方是我第二个故乡。我第一次离乡背井,随了那一群肩扛刀枪向外发展的武士为生存而战斗,就停顿到这个码头上。这地方每一条街每一处衙署,每一间商店,每一个城洞里做小生意的小担子,还如何在我睡梦里占据一个位置!这个河码头在十六年前教育我,给我明白了多少人事,帮助我作过多少幻想,如今却又轮到它来为我温习那个业已消逝的童年梦境来了。

望着汤汤的流水,我心中好像忽然彻悟了一点人生,同时又好像从这条河上,新得到了一点智慧。的的确确,这河水过去给我的是"知识",如今给我的却是"智慧"。山头一抹淡淡的午后阳光感动我,水底各色圆如棋子的石头也感动我。我心中似乎毫无渣滓,透明烛照,对万汇百物,对拉船人与小小船只,一切都那么爱着,十分温暖地爱着!我的感情早已融入这第二故乡一切光景声色里了。我仿佛很渺小很谦卑,对一切有生无生似乎都在伸手,且微笑地轻轻地说:"我来了,是的,我仍然同从前一样的来了。我们全是原来的样子,真令人高兴。你,充满了牛粪桐油气味的小小河街,虽稍稍不同了一点,我这张脸,大约也不同了一点,可是,很可喜的是我们还互相认识,只因为我们过去实在太熟习了!"

看到日夜不断千古长流的河水里石头和沙子,以及水面腐烂的草木,破碎的船板,使我触着了一个使人感觉惆怅的名词。我想起"历史"。一套用文字写成的历史,除了告给我们一些另一时代另一群人在这地面上相斫相杀的故事以外,我们决不会再多知道一些要知道的事情。但这条河流,却告给了我若干年来若干人类的哀乐!小小灰色的渔船,船舷船顶站满了黑色沉默的鱼鹰,向下游缓缓划去了。石滩上走着脊梁略弯的拉船人。这些东西于历史似乎毫无关系,百年前或百年后皆仿佛同目前一样。他们那么忠实庄严的生活,担负了自己那份命运,为自己,为儿女,继续在这世界中活下去。不问所过的是如何贫贱艰难的日子,却从不逃避为了求生而应有的一切努力。在他们生活爱憎得失里,也依然摊派了哭、笑、吃、喝。对于寒暑的来临,他们便更比其他世界上人感到四时交替的严肃。历史对于他们俨然毫无意义,然而提到他们这点千年不变无可记载的历史,却使人引起无言的哀戚。

我有点担心,地方一切虽没有什么变动,我或者变得太多了一点。

船到了税关前趸船旁泊定时,我想象那些税关办事人,因为见我是个陌生旅客,一定上船来盘问我,麻烦我。我于是便假定恰如数年前作的一篇文章上我那个样子,故意不大理会,希望引起那个公务人员的愤怒,直到把我带局为止。我正想要那么一个人引路到局上去,好去见他们的局长!还很希望他们带到当地驻军旅部去,因为若果能够这样,就使我进衙门去找熟人时,省得许多琐碎的手续了。

可是验关的来了,一个宽脸大身材的青年苗人。见到他头上那个盘成一饼的青布包头,引动了我一点乡情。我上岸的计划不得不变更了。他还来不及开口我就说:"同年,你来查关!这是我坐的一只空船,你尽管看。我想问你,你局长姓什么?"

那苗人已上了小船在我面前站定,看看舱里一无所有,且听我喊他为"同年",从乡音中得到了点快乐。便用着小孩子似的口音问我:"你到哪里去?你从哪里来呀?"

"我从常德来 —— 就到这地方。你不是梨林人吗?我是……我要会你局长!"

那关吏说:"我是凤凰县人!你问局长,我们局长姓陈!"

第一个碰到的原来就是自己的县亲,我觉得十分激动,赶忙请他进舱来坐坐。可是这个人看看我的衣服行李,大约以为我是个什么代表,一种身份的自觉,不敢进舱里来了。就告我若要找陈局长,可以把船泊到中南门去。一面说着一面且把手中的粉笔,在船篷上画了个放行的记号,却回到大船上去:"你们走!"他挥手要水手开船,且告水手应当把船停到中南门,上岸方便。

船开上去一点,又到了一个复查处。仍然来了一个头裹青布帕的乡亲,从舱口看看船中的我。我想这一次应当故意不理会这个公务人,使他生气方可到局里去。可是这个复查员看看我不做声的神气,一问水手,水手说了两句话，又挥挥手把我们放走了。

我心想：这不成，他们那么和气，把我想象中安排的计划全给毁了。若到中南门起岸，水手在身后扛了行李，到城门边检查时，只需水手一句话又无条件通过，很无意思。我多久不见到故乡的军队了，我得看看他们对于职务上的兴味与责任，过去和现在有什么不同处。我便变更了计划，要小船在东门下傍码头停停，我一个人先上岸去，上了岸后小船仍然开到中南门，等等我再派人来取行李。我于是上了岸，不一会就到河街上了。当我打从那河街上过身时，做炮仗的，卖油盐杂货的，收买发卖船上一切零件的，所有小铺子皆牵引了我的眼睛，因此我走得特别慢些。但到进城时却使我很失望，城门口并无一个兵。原来地方既不戒严，兵移到乡下去驻防，城市中已用不着守城兵了。长街路上虽有穿着整齐军服的年轻人，我却不便如何故意向他们生点事。看看一切皆如十六年前的样子，只是兵不同了一点。

我既从东门从从容容地进了城，不生问题，不能被带过旅部去，心想时间还早，不如到我弟弟哥哥共同在这地方新建筑的"芸庐"新家里看看，那新房子全在山上。到了那个外观十分体面的房子大门前，问问工人谁在监工，才知道我哥哥来此刚三天。这就太妙了，若不来此问问，我以为我家中人还依然全在凤凰县城里！我进了门一直向楼边走去时，还有使我更惊异而快乐的，是我第一个见着的人，原来就正是五年来行踪不明的虎雏^①。这人五年前在上海从我住处逃亡后，一直就无他的消息，我还以为他早已腐了烂了。他把我引导到我哥哥住的房中，告给我哥哥已出门，过三点钟方能回来。在这三点钟之内，他在我很惊讶盘问之下，却告给了我他的全部历史。原来八岁时他就因为用石块砸死了人逃出家乡，做过玩龙头宝的助手，做过土匪，做过采茶人，当过兵。到上海发生了那件事情后，这六年中又是从一想象不到的生活里，转到我军官兄弟手边来做一名"副爷"。

见到哥哥时，我第一句话说的是"家中虎雏真是个了不起的人物"，我哥哥却回答得妙："了不起的人吗？ 这里比他了不起的人多着哪。"

到了晚上，我哥哥说的话，便被我所见到的几个青年军官证实了。

1934 年 1 月 18 日作

---

① 作者的短篇小说《虎雏》的主人公。

一个多情水手与一个多情妇人

我的小表到了七点四十分时,天光还不很亮。停船地方两山过高,故住在河上的人,睡眠仿佛也就可以多些了。小船上水手昨晚上吃了我五斤河鱼,吃过了鱼,大约还记得着那吃鱼的原因,不好意思再睡,这时节业已起身,卷了铺盖,在烧水扫雪了。两个水手一面工作一面用野话编成韵语骂着玩着,对于恶劣天气与那些昨晚上能晃着火炬到有吊脚楼人家去同宽脸大奶子妇人纠缠的水手,含着无可奈何的嫉妒。

大木筏都得天明时漂滩,正预备开头,寄宿在岸上的人已陆续下了河,与宿在筏上的水手们,共同开始从各处移动木料。筏上有斧斤声与大摇槌嘭嘭敲打木桩声音。许多在吊脚楼寄宿的人,从妇人热被里脱身,皆在河滩大石间踉跄走着,回归船上。妇人们恩情所结,也多和衣靠着窗边,与河下人遥遥传述那种种"后会有期各自珍重"的话语。很显然的事,便是这些人从昨夜那点露水恩情上,已经各在那里支付分上一把眼泪与一把埋怨。想到这眼泪与埋怨,如何糅进这些人的生活中,成为生活之一部分时,使人心中柔和得很!

第一个大木筏开始移动时,约在八点左右。木筏四隅数十支大桡,泼水而前,筏上且起了有节奏的"唉"声。接着又移动了第二个。……木筏上的桡手,各在微明中画出一个黑色的轮廓。木筏上某一处必扬着一片红红的火光,火堆旁必有人正蹲下用钢罐煮水。

我的小船到这时节一切业已安排就绪,也行将离岸,向长潭上游溯江而上了。

只听到河下小船邻近不远某一只船上,有个水手哑着嗓子喊人:"牛保,牛保,不早了,开船了呀!"

许久没有回答,于是又听那个人喊道:"牛保,牛保,你不来当真船开动了!"

再过一阵，催促的转而成为辱骂，不好听的话已上口了。

"牛保，牛保，狗×的，你个狗就见不得河街女人的×！"

吊脚楼上那一个，到此方仿佛初从好梦中惊醒，从热被里妇人手臂中逃出，光身爬到窗边来答着："宋宋，宋宋，你喊什么？天气还早咧。"

"早你的娘，人家木簰全开了，你×了一夜还尽不够！"

"好兄弟，忙什么？今天到白鹿潭好好地喝一杯！天气早得很！"

"早得很，哼，早你的娘！"

"就算是早我的娘吧。"

最后一句话，不过是我想象的。因为河岸水面那一个，虽尚呶呶不已，楼上那一个却业已沉默了。大约这时节那个妇人还卧在床上，也开了口："牛保，牛保，你别理他，冷得很！"因此即刻又回到床上热被里去了。

只听到河边那个水手喃喃地骂着各种野话，且有意识把船上家伙撞磕得很响。我心想：这是个什么样子的人，我倒应该看看他。且很希望认识岸上那一个。我知道他们那只船也正预备上行，就告给我小船上水手，不忙开头，等等同那只船一块儿开。

不多久，许多木筏离岸了，许多下行船也拔了锚，推开篷，着手荡桨摇橹了。我卧在船舱中，就只听到水面人语声，以及橹桨激水声，与橹桨本身被扳动时咿咿呀呀声。河岸吊脚楼上妇人在晓气迷蒙中锐声地喊人，正如同音乐中的笙管一样，超越众声而上。河面杂声的综合，交织了庄严与流动，一切真是一个圣境。

我出到舱外去站了一会。天已亮了，雪已止了，河面寒气逼人。眼看这些船筏各戴上白雪浮江而下，这里那里扬着红红的火焰同白烟，两岸高山则直矗而上，如对立巨魔，颜色淡白，无雪处皆作一片墨绿。奇景当前，有不可形容的瑰丽。

一会儿，河面安静了。只剩下几只小船同两片小木筏，还无开头意思。

河岸上有个蓝布短衣青年水手，正从半山高处人家下来到一只小船上去。因为必须从我小船边过身，故我把这人看得清清楚楚。大眼，宽脸，鼻子短，宽阔肩膊下挂着两只大手（手上还提了一个棕衣口袋，里面填得满满的），走路时肩背微微向前弯曲，看来处处皆证明这个人是一个能干得力的水手！我就冒昧地喊他，同他说话："牛保，牛保，你玩得好！"

谁知那水手当真就是牛保。

那家伙回过头来看看是我叫他,就笑了。我们的小船好几天以来,皆一同停泊,一同启碇,我虽不认识他,他原来早就认识了我的。经我一问,他有点害羞起来了。他把那口袋举起带笑说道:"先生,冷呀!你不怕冷吗?我这里有核桃,你要不要吃核桃?"

我以为他想卖给我些核桃,不愿意扫他的兴,就说我要,等等我一定向他买些。

他刚走到他自己那只小船边,就快乐地唱起来了。忽然税关复查处比邻吊脚楼人家窗口,露出一个年轻妇人鬓发散乱的头颅,向河下人锐声叫将起来:"牛保,牛保,我同你说的话,你记着吗?"

年轻水手向吊脚楼一方把手挥动着。

"唉,唉,我记得到!……冷!你是怎么的啊!快上床去!"

大约他知道妇人起身到窗边时,是还不穿衣服的。

妇人似乎因为一番好意不能使水手领会,有点不高兴的神气。

"我等你十天,你有良心,你就来 ——"说着,嘭的一声把格子窗放下了。这时节眼睛一定已红了。

那一个还向吊脚楼喃喃说着什么,随即也上了船。我看看,那是一只深棕色的小货船。

我的小船行将开头时,那个青年水手牛保却跑来送了一包核桃。我以为他是拿来卖给我的,赶快取了一张值五角的票子递给他。这人见了钱只是笑。他把钱交还,把那包核桃从我手中抢了回去。

"先生,先生,你买我的核桃,我不卖!我不是做生意人。(他把手向吊脚楼指了一下,话说得轻了些。)那婊子同我要好,她送我的。送了我那么多,还有栗子、干鱼。还说了许多痴话,等我回来过年咧……"

慷慨原是辰河水手一种通常的性格。既不要我的钱,皮箱上正搁了一包烟台苹果,我随手取了四个大苹果送给他,且问他:"你回不回来过年?"

他只笑嘻嘻地把头点点,就带了那四个苹果飞奔而去。我要水手开了船。小船已开到长潭中心时,忽然又听到河边那个哑嗓子在喊嚷:"牛保,牛保,你是怎么的?我 × 你的妈,还不下河,我翻你的三代,还……"

一会儿,一切皆沉静了,就只听到我小船船头分水的声音。

听到水手的辱骂,我方明白那个快乐多情的水手,原来得了苹果后,并不即返船,仍然又到吊脚楼人家去了。他一定把苹果献给那个妇人,且告给妇人这苹果的来源，说来说去，到后自然又轮着来听妇人说的痴话，所以把下河的时间完全忘掉了。

小船已到了辰河多滩的一段路程，长潭尽后就是无数大滩小滩。河水半月来已落下六尺，雪后又照例无风，较小船只即或可以不从大漕上行，沿着河边浅水处走去也依然十分费事。水太干了，天气又实在太冷了点。我伏在舱口看水手们一面骂野话，一面把长篙向急流乱石间掷去，心中却念及那个多情水手，船上滩时浪头俨然只想把船上人攫走。水流太急，故常常眼看业已到了滩头，过了最紧要处，但在抽篙换篙之际，忽然又会为急流冲下。河水又大又深，大浪头拍岸时常如一个小山，但它总使人觉得十分温和。河水可同一股火，太热情了一点，时时刻刻皆想把人攫走，且仿佛完全只凭自己意见做去。但古怪的是这些弄船人，他们逃避急流同漩水的方法十分巧妙。他们得靠水为生，明白水，比一般人更明白水的可怕处；但他们为了求生，却在每个日子里每一时间皆有向水中跳去的准备。小船一上滩时，就不能不向白浪里钻去，可是他们却又必有方法从白浪里找到出路。

在一个小滩上，因为河面太宽，小漕河水过浅，小船缆绳不够长不能拉纤，必须尽手足之力用篙撑上，我的小船一连上了五次皆被急流冲下。船头全是水。到后想把船从对河另一处大漕走去，漂流过河时，从白浪中钻出钻进，篷上也沾了水。在大漕中又上了两次，还花钱加了个临时水手，方把这只小船弄上滩。上过滩后问水手是什么滩，方知道这滩名"骂娘滩"（说野话的滩），即或是父子弄船，一面弄船也一面得互骂各种野话，方可以把船弄上滩口。

一整天小船尽是上滩，我一面欣赏那些从船舷驰过急于奔马的白浪，一面便用船上的小斧头，剥那个风流水手见赠的核桃吃。我估想这些硬壳果，说不定每一颗还都是那吊脚楼妇人亲手从树上摘下，用鞋底揉去一层苦皮，再一一加以选择，放到棕衣口袋里来的。望着那些棕色碎壳，那妇人说的"你有良心你就赶快来"一句话，也就尽在我耳边响着。那水手虽然这时节或许正在急水滩头趴伏到石头上拉船，或正脱了裤子涉水过溪，一定却记忆着吊脚楼妇人的一切，心中感觉十分温暖。每一个日子的过去，便使他与那妇人接近一点点。十天完了，过了年，那吊脚楼上，照例门楣上全贴了红喜钱，被捉的雄鸡啊呵呵呵地叫着。雄鸡宰杀后，把它向门角落抛去，只听到翅膀扑地的声音。锅中蒸了一笼糯米，热气腾腾地倒入大石臼中，两人就开始在大石臼里捣将起来。一切事都是两个人共力合作，一切工作中都掺和有笑谑与善意的诅咒。于是当真过年了。又是叮咛与眼泪，在一份长长的日子里有所期待，留在船上另一个放声的辱骂催促着，方下了船，又是核桃与栗子，干鲤鱼与……

到了午后，天气太冷，无从赶路。时间还只三点左右，我的小船便停泊了。停泊地方名为杨家岨。依然有吊脚楼，飞楼高阁悬在半山中，结构美丽悦目。小船傍在大石边，只须一跳就可以上岸。岸上吊脚楼前枯树边，正有两个妇人，穿了毛蓝布衣裳，不知商量些什么，幽幽地说着话。这里雪已极少，山头皆裸露作深棕色，远山则为深紫色。地方静得很，河边无一只船，无一个人，无一堆柴。不知河边哪一块大石后面有人正在捶捣衣服，一下一下地捣。对河也有人说话，却看不清楚人在何处。

小船停泊到这些小地方，我真有点担心。船上那个壮年水手，是一个在军营中开过小差做过种种非凡事情的人物，成天在船上只唱着"过了一天又一天，心中好似滚油煎"，若误会了我箱中那些带回湘西送人的信笺信封，以为是值钱的东西，在唱过了埋怨生活的戏文以后，转念头来玩个新花样，说不定我还不及被询问"吃板刀面或吃云吞"以前，就被他解决了。这些事我倒不怎么害怕，凡是蠢人做出的事我不知道什么叫吓怕的。只是有点儿担心，因为若果这个人作出了这种蠢事，我完了，他跑了，这地方可糟了。地方既属于我那些同乡军官大佬管辖，就会把他们可忙坏了。

我盼望牛保那只小船赶来，也停泊到这个地方，一面可以不用担心，一面还可以同这个有人性的多情水手谈谈。直等到黄昏，方来了一只邮船，靠着小船下了锚。过不久，邮船那一面有个年轻水手嚷着要支点钱上岸去吃"荤烟"，另一个管事的却不允许，两人便争吵起来。只听到年轻的那一个呶呶絮语，声音神气简直同大清早上那个牛保一个样子。到后来，这个水手负气，似乎空着个荷包，也仍然上岸过吊脚楼人家去了。过了一会还不见他回船，我很想知道一下他到了那里做些什么事情，就要一个水手为我点上一段废缆，晃着那小小火把，引导我离了船，爬了一段小小山路，到了所谓河街。

五分钟后，我与这个穿绿衣的邮船水手，一同坐到一个人家正屋里火堆旁，默默地在烤火了。面前一个大油松树根株，正伴同一饼油渣，熊熊地燃着快乐的火焰。间或有人用脚或树枝拨了那么一下，便有好看的火星四散惊起。主人是一个中年妇人,另外还有两个老妇人,不断向水手提出种种问题,且把关于下河的油价、木价、米价、盐价,一件一件来询问他,他却很散漫地回答,只低下头望着火堆。从那个颈项同肩膊,我认得这个人性格同灵魂,竟完全同早上那个牛保一样。我明白他沉默的理由,一定是船上管事的不给他钱,到岸上来赊烟不到手。他那闷闷不乐的神气,可以说是很妩媚。我心想请他一次客,又不便说出口。到后机会却来了。门开处进来了一个年事极轻的妇人,头上裹着大格子花布首巾,身穿葱绿色土布袄子,系一条蓝色围裙,胸前还绣了一朵小小白花。那年轻妇人把两只手插在围裙里,轻脚轻手进了屋,就站在中年妇人身后。说真话,这个女人真使我有点儿惊讶。我似乎在什么地方另一时节见着这样一个人,眼目鼻子皆仿佛十分熟习。若不是当真在某一处见过,那就必定是在梦里了。公道一点说来,这妇人是个美丽得很的生物!

最先我以为这小妇人是无意中撞来玩玩,听听从下河来的客人谈谈下面事情,安慰安慰自己寂寞的。可是一瞬间,我却明白她是为另一件事而来的了。屋主人要她坐下,她却不肯坐下,只把一双放光的眼睛尽瞅着我,待到我抬起头去望她时,那眼睛却又赶快逃避了。她在一个水手面前一定没有这种羞怯,为这点羞怯我心中有点儿惆怅,引起了点儿怜悯。这怜悯一半给了这个小妇人,却留下一半给我自己。

那邮船水手眼睛为小妇人放了光,很快乐的说:"夭夭,夭夭,你打扮得真像个观音!"

那女人抿嘴笑着不理会,表示这点阿谀并不稀罕,一会儿方轻轻地说:

"我问你,白师傅的大船到了桃源不到?"

邮船水手回答了,妇人又轻轻地问:"杨金保的船?"

邮船水手又回答了,妇人又继续问着这个那个。我一面向火一面听他们说话,却在心中计算一件事情。小妇人虽同邮船水手谈到岁暮年末水面上的情形,但一颗心却一定在另外一件事情上驰骋。我几乎本能地就感到了这个小妇人是正在对我怀着一点痴想头。不用惊奇,这不是稀奇事情。我们若稍懂人情,就会明白一张为都市所折磨而成的白脸,同一件称身软料细毛衣服,在一个小家碧玉心中所能引起的是一种如何幻想,对目前的事也便不用多提了。

对于身边这个小妇人,也正如先前一时对于身边那个邮船水手一样,我想不出用个什么方法，就可以使这个有了点儿野心与幻想的人，得到她所要得到的东西。其实我在两件事上皆不能再吝啬了，因为我对于他们皆十分同情。但试想想看，倘若这个小妇人所希望的是我本身，我这点同情，会不会引起五千里外另一个人的苦痛？我笑了。

……假若我给这水手一笔钱，让这小妇人同他谈一个整夜？

我正那么计算着，且安排如何来给那个邮船水手的钱，使他不至于感觉难为情。忽然听那年轻妇人问道："牛保那只船？"

那邮船水手吐了一口气，"牛保的船吗，我们一同上骂娘滩，溜了四次。末后船已上了滩，那拦头的伙计还同他在互骂，且不知为什么互相用篙子乱打乱转起来，船又溜下滩去了。看那样子不是有一个人落水，就得两个人同时落水。"

有谁发问："为什么？"

邮船水手感慨似的说："还不是为那一张 ×！"

几人听着这件事，皆大笑不已。那年轻小妇人，却长长地吁了一口气。

忽然河街上有个老年人嘶声地喊人："夭夭小婊子，小婊子婆，卖 × 的，你是怎么的，夹着那两片小 ×，一映眼又跑到哪里去了！你来！"

小妇人听门外街口有人叫她，把小嘴收敛做出一个爱娇的姿势，带着不高兴的神气自言自语说："叫骡子又叫了。夭夭小婊子偷人去了！投河吊颈去了！"咬着下唇很有情致地盯了我一眼，拉开门，放进了一阵寒风，人却冲出去，消失到黑暗中不见了。

那邮船水手望了望小妇人去处那扇大门，自言自语地说："小婊子偏偏嫁老烟鬼，天晓得！"

于是大家便来谈说刚才走去那个小妇人的一切。屋主中年妇人，告给我那小妇人年纪还只十九岁，却为一个年过五十的老兵所占有。老兵原是一个烟鬼，虽占有了她，只要谁有土有财就让床让位。至于小妇人呢，人太年轻了点，对于钱毫无用处，却似乎常常想得很远很远。屋主人且为我解释很远很远那句话的意思，给我证明了先前一时我所感觉到的一件事情的真实。原来这小妇人虽生在不能爱好的环境里，却天生有种爱好的性格。老烟鬼用名分缚着了她的身体，然而那颗心却无从拘束。一只船无意中在码头边停靠了，这只船又恰恰有那么一个年轻男子，一切派头都和水手不同，夭夭那颗心，将如何为这偶然而来的人跳跃！屋主人所说的话，增加了我对于这个年轻妇人的关心。我还想多知道一点,请求她告给我,我居然又知道了些不应当写在纸上的事情。到后来,谈起命运,那屋主人沉默了,众人也沉默了。各人眼望着熊熊的柴火,心中玩味着"命运"这个字的意义,而且皆俨然有一点儿痛苦。

我呢,在沉默中体会到一点"人生"的苦味。我不能给那个小妇人什么,也再不做给那水手一点点钱的打算了。我觉得他们的欲望同悲哀都十分神圣,我不配用钱或别的方法渗进他们命运里去,扰乱他们生活上那一份应有的哀乐。

下船时,在河边我听到一个人唱《十想郎》小曲,曲调卑陋声音却清圆悦耳。我知道那是由谁口中唱出且为谁唱的。我站在河边寒风中痴了许久。

辰河小船上的水手

我自从离开了那个水獭皮帽子的朋友以后，独自坐到这只小船上，已闷闷地过了十天。小船前后舱面既十分窄狭，三个水手白日皆各有所事：或者正在吵骂，或者是正在荡桨撑篙，使用手臂之力，使这只小船在结了冰的寒气中前进。有时两个年轻水手即或上岸拉船去了，船前船后又有湿淋淋的缆索牵牵绊绊，打量出去站站，也无时不显得碍手碍脚，很不方便。因此我就只有蜷伏在船舱里，静听水声与船上水手辱骂声，打发了每个日子。

照原定计划，这次旅行来回二十八天的路程，就应当安排二十二个日子到这只小船上。如半途中这小船发生了什么意外障碍，或者就多得四天五天。起先我尽记着水獭皮帽子的朋友"行船莫算，打架莫看"的格言，对于这只小船每日应走多少路，已走多少路，还需要走多少路，从不发言过问。

他们说"应当开头了"，船就开了，他们说"这鬼天气不成，得歇憩烤火"，我自然又听他们歇憩烤火。天气也实在太冷了一点，篙上桨上莫不结了一层薄冰。我的衣袋中，虽还收藏了一张桃源县管理小划子的船总亲手所写"十日包到"的保单，但天气既那么坏，还好意思把这张保单拿出来向掌舵水手说话吗？

我口中虽不说什么，心里却计算到所剩余的日子，真有点儿着急。

三个水手中的一人，似乎已看准了我的弱点，且在另外一件事情上，又看准了我另外一项弱点，想出了个两得其利的办法来了。那水手向我说道："先生，你着急，是不是？不必为天气发愁。如今落的是雪子，不是刀子。我们弄船人，命里派定了划船，天上纵落刀子也得做事！"

我的座位正对着船尾，掌舵水手这时正分张两腿，两手握定舵把，一个人字形的姿势对我站定。想起昨天这只小船搁入石罅里，尽三人手足之力还无可奈何时，这人一面对天气咒骂各种野话，一面卸下了裤子向水中跳去的情形，我不由得微喟了一下。我说："天气真坏！"

他见我眉毛聚着，便笑了："天气坏不碍事，只看你先生是不是要我们赶路，想赶快一些，我同伙计们有的是办法！"

我带了点埋怨神气说："不赶路，谁愿意在这个日子里来在河上受活罪？你说有办法，告我看是什么办法！"

"天气冷，我们手脚也硬了。你请我们晚上喝点酒，活活血脉，这船就可以在水面上飞！"

我觉得这个提议很正当，便不追问先划船后喝酒，如何活动血脉的理由，即刻就答应了。我说："好得很，让我们的船飞去吧，欢喜吃什么买什么。"

于是这小船在三个划船人手上，当真俨然一直向辰河上游飞去。经过钓船时就喊买鱼，一拢码头时就用长柄大葫芦满满地装上一葫芦烧酒。沿河两岸连山皆深碧一色，山头常戴了点白雪，河水则清明如玉。在这样一条河水里旅行，望着水光山色，体会水手们在工作上与饮食上的勇敢处，使我在寂寞里不由得不常作微笑！

船停时，真静。一切声音皆为大雪以前的寒气凝结了。只有船底的水声，轻轻地轻轻地流过去 —— 使人感觉到它的声音，几乎不是耳朵却只是想象。三个水手把晚饭吃过后，围在后舱钢灶边烤火烘衣。

时间还只五点二十五分，先前一时在长潭中摇橹唱歌的一只大货船，这时也赶到快要靠岸停泊了。只听到许多篙子钉在浅水石头上的声音，且有人大嚷大骂。他们并不是吵架，不过在那里"说话"罢了。这些人说话照例永远得使用几个粗野字眼儿，也正同我们使用标点符号一样，倘若忘了加上去，意思也就很容易模糊不清楚了。这样粗野字眼儿的使用，即在父子兄弟间也少不了。可是这些粗人野人，在那吃酸菜臭牛肉说野话的口中，高兴唱起歌来时，所唱的又正是如何美丽动人的歌！

大船靠定岸边后，只听到有一个人在船上大声喊叫："金贵，金贵，上岸××去！"

那个名为金贵的水手，似乎正在那只货船舱里鱿鱼海带间，嘶着个嗓子回答说："你 ×× 去我不来。你娘 ×××× 正等着你！"

我那小船上三个默默地烤火烘衣的水手，听到这个对白，便一同笑将起来了。其中之一学着邻船人语气说："×× 去，× 你娘的 ×。大白天像狗一样在滩上爬，晚上好快乐！"

另一个水手就说："七老，你要上岸去，你向先生借两角钱也可以上岸去！"

几个人把话继续说下去，便讨论到各个小码头上吃四方饭娘儿们的人材与轶事来了。说及其中一些野妇人悲喜的场面时，真使我十分感动。我再也不能孤独地在舱中坐下了，就爬到那个钢灶边去，同他们坐在一处去烤火。

我搀入那个团体时，询问那个年纪较大的水手："掌舵的，我十五块钱包你这只船，一次你可以捞多少！"

"我可以捞多少，先生！我不是这只船的主人，我是个每年二百四十吊钱雇定的舵手，算起来一个月我有两块三角钱，你看看这一次我捞多少！"

我说："那么，大伙计，你拦头有多少！全船皆得你，难道也是二百四十吊一年吗？"

那一个名为七老的说："我弄船上行，两块六角钱一次，下行吃白饭！"

"那么，小伙计，你呢？我看你手脚还生疏得很！你昨天差点儿淹坏了，得多吃多喝，把骨头长结实一点点！"

小子听我批评到他的能力就只干笑。掌舵的代他说话："先生要你多吃多喝，你听不到吗？这小子看他虽长得同一块发糕一样，其实就只能吃能喝，撇篙子拉纤全不在行！"

"多少钱一月？"我说，"一块钱一月，是不是？"

那个小水手自己笑着开了口，"多少钱一月？十个铜子一天，我还不满师，哪会给我关饷？ ——× 他的娘。天气多坏！"

我在心中打了一下算盘，掌舵的八分钱一天，拦头的一角三分一天，小伙计一分二厘一天。在这个数目下，不问天气如何，这些人莫不皆得从天明起始到天黑为止，做他应分做的事情。遇应当下水时，便即刻跳下水中去。遇应当到滩石上爬行时，也毫不推辞即刻前去。在能用气力时，这些人就毫不吝惜气力打发了每个日子，人老了，或大六月发痧下痢，躺在空船里或太阳下死掉了，一生也就算完事了。这条河中至少有十万个这样过日子的人。想起了这件事情，我轻轻地吁了一口气。

"掌舵的，你在这条河里划了几年船？"

"我今年五十三，十六岁就到了船上。"

三十七年的经验，七百里路的河道，水涨水落河道的变迁，多少滩，多少潭，多少码头，多少石头 —— 是的，凡是那些较大的知名的石头，这个人就无一不能够很清楚地举出它们的名称和故事！划了三十七年的船，还只是孤身一人，把经验与气力每天作八分钱出卖，来在这水上漂泊，这个古怪的人！

"拦头的大伙计，你呢？你划了几年船？"

"我照老法子算今年三十一岁，在船上五年，在军队里也五年。我是个逃兵，七月里才从贵州开小差回来的！"

这水手结实硬朗处，倒真配作一个兵。那分粗野爽朗处也很像个兵。掌舵的水手人老了，眼睛发花，已不能如年轻人那么手脚灵便，小水手年龄又太小了一点，一切事皆不在行，全船最重要的人物就是他。昨天小船上滩，小水手换篙较慢，被篙子弹入急流里去时，他却一手支持篙子，还能一手把那个小水手捞住，援助上船。上了船后那小子又惊又气，全身湿淋淋的，抱定桅子荷荷大哭。他一面笑骂着种种野话，一面却赶快脱了棉衣单裤给小水手替换。在这小船上他一个人脾气似乎特别大，但可爱处也就似乎特别多。

想起小水手掉到水中被援起以后的样子，以及那个年纪大一点的脱下了裤子给他掉换，光着个下身在空气里弄船的神气，我心中充满了不可言说的感情。我向小水手带笑说："小伙计，你呢？"

那个拦头的水手就笑着说："他吗？只会吃只会哭，做错了事骂两句，还会说点蠢话：'你欺侮我，我用刀子同你拼命！'拿你刀子来切我的××，老子还不见过刀子，怕你！"

小水手说："老子哭你也管不着！"

拦头的水手说："不管你你还会有命！落了水爬起来，有什么可哭？我不脱下衣来，先生不把你毯子，不冷死你！十五六岁了的人，命好早×出了孩子，动不动就哭，不害羞！"

正说着，邻船上有水手很快乐的用女人窄嗓子唱起曲子，晃着一个火把，上了岸，往半山吊脚楼取乐去了。

我说："大伙计，你是不是也想上岸去玩玩？要去就去，我这里有的是零钱。要几角钱？你太累了，我请客！"

掌舵的老水手听说我请客，赶忙在旁打边鼓儿说："七佬，你去，先生请客你就去，两吊钱先生出得起！"

他妩媚地咕咕笑着。我知道那是什么意思，就取了值四吊钱的五角钞票递给他。小水手笑乐着为他把作火炬的废绳燃好。于是推开了篷,这个人就被两个水手推上了岸,也摇晃着个火把,爬上高坎到吊脚楼地方取乐去了。

人走去后,掌舵的水手方把这个人的身世为我详细说出来。原来这个人的履历上,还有十一个月土匪的经验应当添注上去。这个人大白天一面弄船一面吼着说:"老子要死了,老子要做土匪去了!"种种独白的理由,我方完全明白了。

我心中以为这个人既到了河街吊脚楼,若不是同那些女人在床上去胡闹,必又坐到火炉边,夹杂在一群划船人中间向火嚼花生或剥酸柚子吃。那河街照例有屠户,有油盐店,有烟馆,有小客店,还有许多妇人提起竹篾织就的圆烘笼烤手,一见到年轻水手就做眉做眼,还有妇女年纪大些的,鼻梁根扯得通红,太阳穴贴上了膏药,做丑事毫不以为可羞。看中了某一个结实年轻的水手时,只要那水手不讨厌她,还会提了家养母鸡送给水手!那些水手胡闹到半夜里回到船上,把缚着脚的母鸡,向舱里同伴热被上抛去,一些在睡梦里被惊醒的同伴,就会喃喃地骂着,"溜子,溜子,你一条××换一只母鸡,老子明早天一亮用刀割了你!"于是各个臭被一角皆起了咕咕的笑声。

我还正在那个拦头水手行为上,思索到一个可笑的问题,不知道他那么上岸去,由他说来,究竟得到了些什么好处。可是他却出我意料以外,上岸不久又下了河,回到小船上来了。

小船上掌艄水手正点了个小油灯,薄薄灯光照着那水手的快乐脸孔。掌艄的向他说:"七佬,怎么的,你就回来了,不同婊子过夜!"

小水手也向他说了一句野话,那小子只把头摇着且微笑着,赶忙解下了他那根腰带。原来他棉袄里藏了一大堆橘子,腰带一解,橘子便在舱板上各处滚去。问他为什么得了那么多橘子,方知道他虽上了岸,却并不胡闹,只到河街上打了个转,在一个小铺子里坐了一会,见有橘子卖,知道我欢喜吃橘子,就把钱全买了橘子带回来了。

我见着他那很有意思的微笑,我知道他这时所做的事,对于他自己感觉如何愉快,我便笑将起来,不说什么了。四个人剥橘子吃时,我要他告给我十一个月作土匪的生活,有些什么可说的事情,让我听听。他就一直把他的故事说到十二点钟。我真像读了一本内容十分新奇的教科书。

天气如所希望的终于放晴了,我同这几个水手在这只小船上已经过了十二个日子。

天既放晴后，小船快要到目的地时，坐在船舱中一角，瞻望澄碧无尽的长流，使我发生无限感慨。十六年以前，河岸两旁黛色庞大石头上，依然是在这样晴朗冬天里，有野莺与画眉鸟从山谷中竹篁里飞出来，在石头上晒太阳，悠然自得地啭唱悦耳的曲子，直到有船近身时，又方始一齐向竹林中飞去。十六年来竹林里的鸟雀，那分从容处，犹如往日一个样子，水面划船人愚蠢质朴勇敢耐劳处，也还相去不远。但这个民族，在这一堆长长日子里，为内战、毒物、饥馑、水灾，如何向堕落与灭亡大路走去。一切人生活习惯，又如何在巨大压力下失去了它原来的纯朴型范，形成一种难于设想的模式！

小船到达我水行的终点浦市时，约在下午四点钟左右。这个经过昔日的繁荣而衰败了多年的码头，三十年前是这个地方繁荣达到顶点的时代。十六年前地方业已大大衰落，那时节沿河长街的油坊，尚常有三两千新油篓晒在太阳下，沿河七个用青石作成的码头，有一半还停泊了结实高大四橹五舱运油船。此外船只多从下游运来淮盐、布匹、花纱，以及川黔边区所需的洋广杂货。川黔边境由旱路运来的朱砂、水银、苎麻、五倍子，莫不在此交货转载。木材浮江而下时，常常半个河面皆是那种大木筏。本地市面则出炮仗，出印花布，出肥人，出肥猪。河面既异常宽平，码头又特别干净整齐，虽从那些大商号里、寺庙里，都可见出这个商埠在日趋于衰颓，然而一个旅行者来到此地时，一切规模总仍然可得到一个极其动人的印象！街市尽头河下游为一长潭，河上游为一小滩，每当黄昏薄暮，落日沉入大地，天上暮云为落日余晖所烘炙，剩余一片深紫时，大帮货船从上而下，摇船人泊船近岸，在充满了薄雾的河面，浮荡的催橹歌声，又正是一种如何壮丽稀有的歌声！

如今小船到了这个地方后，看看沿河各码头，早已破烂不堪。小船泊定的一个码头，一共有十二只船，除了有一只船载运了方柱形毛铁，一只船载辰溪烟煤，正在那里发签起货外，其他船只似乎已停泊了多日，无货可载。有七只船还在小桅上或竹篙上，悬了一个用竹缆编成的圆圈，作为"此船出卖"的标志。

小船上掌艄水手同拦头水手全上岸去了，只留下小水手守船，我想乘天气还不曾断黑，到长街上去看看这一切衰败了的地方，是不是商店中还能有个把肥胖子。一到街口却碰着了那两个水手，正同个骨瘦如柴的长人在一个商店门前相骂。问问旁人是什么事情,方知道这长子原来是个屠户,争吵的原因只是对于所买的货物分量轻重有所争持。看到他们那么气急败坏大声吵骂无个了结,我就不再走过去了。

下船时,我一个人坐在那小小船只空舱里让黄昏来临,心中只想着一件古怪事情:"浦市地方屠户也那么瘦了,是谁的责任? 希望到这个地面上,还有一群精悍结实的青年,来驾驭钢铁征服自然,这责任应当归谁?"一时自然不会得到任何结论。

作于 1934 年

箱 子 岩

　　十四年以前，我有机会独坐一只小篷船，沿辰河上行，停船在箱子岩脚下。一列青黛崭削的石壁，夹江高矗，被夕阳烘炙成为一个五彩屏障。石壁半腰约百米高的石缝中，有古代巢居者的遗迹，石罅隙间横横地悬撑起无数巨大横梁，暗红色长方形大木柜尚依然好好地搁在木梁上。岩壁断折缺口处，看得见人家茅棚同水码头，上岸喝酒下船过渡人也得从这缺口通过。那一天正是五月十五，河中人过大端阳节。

　　箱子岩洞窟中最美丽的三只龙船，早被乡下人拖出浮在水面上。

　　船只狭而长，船舷描绘有朱红线条，全船坐满了青年桨手，头腰各缠红布。鼓声起处，船便如一支没羽箭，在平静无波的长潭中来去如飞。河身大约一里路宽，两岸皆有人看船，大声呐喊助兴。且有好事者，从后山爬到悬岩顶上去，把"铺地锦"百子边炮从高岩上抛下，尽边炮在半空中爆裂，形成一团团五彩碎纸云尘，嘭嘭嘭嘭的边炮声与水面船中锣鼓声相应和。引起人对于历史回溯发生一种幻想，一点感慨。

　　当时我心想：多古怪的一切！两千年前那个楚国逐臣屈原，若本身不被放逐，疯疯癫癫来到这种充满了奇异光彩的地方，目击身经这些惊心动魄的景物，两千年来的读书人，或许就没有福分读《九歌》那类文章，中国文学史也就不会如现在的样子了。在这一段长长岁月中，世界上多少民族皆堕落了，衰老了，灭亡了。即如号称东亚大国的一片土地，也已经有过多少次被来自西北方沙漠中的蛮族，骑了膘壮的马匹，手持强弓硬弩，长枪大戟，到处践踏蹂躏！（辛亥革命前夕，在这苗蛮杂处的一个边镇上，向土民最后一次大规模施行杀戮的统治者，就是一个北方清朝的宗室！辛亥以后，老袁梦想做皇帝时，又有两师北佬在这里和滇军作战了大半年。）然而这地方的一切，虽在历史中照样发生不断的杀戮、争夺，以及一到改朝换代时，派人民担负种种不幸命运，死的因此死去，活的被逼迫留发、剪发，在生活上受新朝代种种限制与支配。然而细细一想，这些人根本上又似乎与历史毫无关系。从他们应付生存的方法与排泄感情的娱乐看上来，竟好像今古相同，不分彼此。这时节我所眼见的光景，或许就和两千年前屈原所见的完全一样。

那次我的小船停泊在箱子岩石壁下，附近还有十来只小渔船，大致打鱼人也有玩龙船竞渡的，所以渔船上妇女小孩们，无不十分兴奋，各站在尾梢上或船篷上锐声呼喊。其中有几个小孩子，我只担心他们太快乐兴奋，会把住家的小船跳沉。

日头落尽云影无光时，两岸渐渐消失在温柔暮色里。两岸看船人呼喝声越来越少，河面被一片紫雾笼罩，除了从锣鼓声中尚能辨别那些龙船方向，此外已别无所见。然而岩壁缺口处却人声嘈杂，且闻有小孩子哭声，有妇女们尖锐叫唤声，综合给人一种悠然不尽的感觉。天已经夜了，吃饭是正经事。我原先尚以为再等一会儿，那龙船一定就会傍近岩边来休息，被人拖进石窟里，在快乐呼喊中结束这个节日了。谁知过了许久，那种锣鼓声尚在河面飘扬着，表示一班人还不愿意离开小船，回转家中。待到我把晚饭吃过后，爬出舱外一望，呀，天上好一轮圆月。月光下石壁同河面，一切如镀了银，已完全变换了一种调子。岩壁缺口处水码头边，正有人用废竹缆或油柴燃着火燎，火光下只见许多穿白衣人的影子移动。问问船上水手，方知道那些人正把酒食搬移上船，预备分派给龙船上人。原来这些青年人白日里划了一整天船，看船的已慢慢散尽了，划船的还不尽兴，并且谁也不愿意扫兴示弱，先行上岸，因此三只长船还得在月光下玩个上半夜。

提起这件事，使我重新感到人类文字语言的贫俭。那一派声音，那一种情调，真不是用文字语言可以形容的事情。要一个长年身在城市里住下，以读读《楚辞》就"神往意移"的人，来描绘那月下竞舟的一切，更近于徒然的努力。我可以说的，只是自从我把这次水上所领略的印象保留到心上后，一切书本上的动人记载，全看得平平常常，不至于发生任何惊讶了。这正像我另外一时，看过人类许多不同花样的愚蠢杀戮，对于其余书上叙述到这件事情时，同样不能再给我如何感动。

十四年后我又有了机会乘坐小船沿辰河上行，应当经过箱子岩。我想温习温习那地方给我的印象，就要管船的不问迟早，把小船在箱子岩下停泊。这一天是十二月七号，快要过年的光景。没有太阳的阴沉酿雪天，气候异常寒冷。停船时还只下午三点钟左右，岩壁上藤萝草木叶子多已萎落，显得那一带斑驳岩壁十分瘦削。悬岩高处红木柜,只剩下三四具,其余早不知到哪儿去了。小船最先泊在岩壁下洞窟边,冬天水落得太多,洞口已离水面两三丈以上。我从石壁裂罅爬上洞口,到搁龙船处看了一下,旧船已不知坏了还是早被水冲去了,只见有四只新船搁在石梁上,船头还贴有鸡血同鸡毛,一望就明白是今年方下水的。出得洞口时,见岩下左边泊定五只渔船,有几个老渔婆缩颈敛手在船头寒风中修补渔网。上船后觉得这样子太冷落了,可不是个办法,就又要船上水手为我把小船撑到岩壁断折处有人家地方去,就便上岸,看看乡下人过年以前是什么光景。

四点钟左右,黄昏已逐渐腐蚀了山峦与树石轮廓,占领了屋角隅。我独自坐在一家小饭铺柴火边烤火。我默默地望着那个火光煜煜的枯树根,在我脚边很快乐地燃着,爆炸出轻微的声音。铺子里人来来往往,有些说两句话又走了,有些就来镶在我身边长凳上,坐下吸他的旱烟。有些来烘烘脚,把穿着湿草鞋的脚去热灰里乱搅。看看每一个人的脸子,我都发生一种奇异的乡情。这里是一群会寻快乐的正直善良乡下人,有捕鱼的,打猎的,有船上水手和编制竹缆工人。若我的估计不错,那个坐在我身旁,伸出两只手向火,中指节有个放光顶针的,肯定还是一位乡村里的成衣人。这些人每到大端阳时节,都得下河去玩一整天的龙船。平常日子特别是隆冬严寒天气,却在这个地方,按照一种分定,很简单地把日子过下去。每日看过往船只摇橹扬帆来去,看落日同水鸟。虽然也同样有人事上的得失,到恩怨纠纷成一团时,就陆续发生庆贺或仇杀。然而从整个说来,这些人生活却仿佛同"自然"已相融合,很从容地各在那里尽其性命之理,与其他无生命物质一样,惟在日月升降寒暑交替中放射、分解。而且在这种过程中,人是如何渺小的东西,这些人比起世界上任何哲人,也似乎还更知道的多一些。

听他们谈了许久,我心中有点忧郁起来了。这些不辜负自然的人,与自然妥协,对历史毫无担负,活在这无人知道的地方。另外尚有一批人,与自然毫不妥协,想出种种方法来支配自然,违反自然的习惯,同样也那么尽寒暑交替,看日月升降。然而后者却在慢慢改变历史,创造历史。一份新的日月,行将消灭旧的一切。我们用什么方法,就可以使这些人心中感觉一种对"明天"的"惶恐",且放弃过去对自然和平的态度,重新来一股劲儿,用划龙船的精神活下去? 这些人在娱乐上的狂热,就证明这种狂热能换个方向,就可使他们还配在世界上占据一片土地,活得更愉快更长久一些。不过有什么办法，可以改造这些人的狂热到一件新的竞争方面去，可是个费思索的问题。

一个跛脚青年人，手中提了一个老虎牌新桅灯，灯罩光光的，洒着摇着从外面走进屋子。许多人见了他都同声叫唤起来："什长，你发财回来了！好个灯！"

那跛子年纪虽很轻，脸上却刻画了一种兵油子的油气与骄气，在乡下人中仿佛身份特高一层。把灯搁在木桌上，大洋洋地坐近火边来，拉开两腿摊出两只大手烘火，满不高兴地说："碰鬼，运气坏，什么都完了。"

"船上老八说你发了财，瞒我们。怕我们开借。"

"发了财，哼。用得着瞒你们？本钱去七角，桃源行市只一块零，除了上下开销，二百两货有什么捞头，我问你。"

这个人接着且连骂带唱地说起桃源后江娘儿们种种有趣的情形，使得一般人活泼兴奋起来。话说得正有兴味时，一个人来找他，说"什长，猪蹄髈炖好了，酒已热好了"，他搓搓手，说声"有偏各位"，提起那个新桅灯就走了。

原来这个青年汉子，是个打鱼人的独生子。三年前被省城里募兵委员看中了招去，训练了三个月，就开到江西边境去同共产党打仗。打了半年仗，一班兄弟中只剩下他一个人好好地活着，奉令调回后防招募新军补充时，他因此升了班长。第二次又训练三个月，再开到前线去打仗。于是碎了一只腿，抬回省中军医院诊治，照规矩这只腿得用锯子锯去。一群同乡都以为从辰州地方出来的家乡人，"辰州符"比截割高明得多了，信他个洋办法像话吗？就把他从医院中抢出，在外边用老办法找人敷水药治疗。说也古怪，不到三个月，那只腿居然不必截割全好了。战争是个什么东西他也明白了。取得了本营证明，领得了些伤兵抚恤费后，于是回到家乡来，用什长名义受同乡恭维，又用伤兵名义作点特别生意。这生意也就正是有人可以赚钱，有人可以犯法，政府也设局收税，也制定法律禁止，又可以杀头又可以发财那种从各方面说来都似乎极有出息的生意。我想弄明白那什长的年龄，从那个当地唯一成衣人口中，方知道这什长今年还只二十一岁。那成衣人还说："这小子看事有眼睛，做事有魄力，蹶了一只腿，还会一月一个来回下常德府，吃喝玩乐发财走好运。若两只腿全弄坏，那就更好了。"

有个水手插口说："这是什么话。"

"什么画，壁上挂。穷人打光棍，一只腿打坏了不顶事。如两只腿全打坏了,他就不会卖烟土走私赚了钱,再到桃源县后江玩花姑娘了!"

成衣人末后一句打趣话,把大家都弄笑了。

回船时,我一个人坐在灌满冷气的小小船舱中,屈指计算那什长年龄,二十一岁减十四,得到个数目是七。我记起十四年前那个夜里一切光景,那落日返照,那狭长而描绘朱红线条的船只,那锣鼓与热情兴奋的呼喊……尤其是临近几只小渔船上欢乐跳掷的小孩子,其中一定就有一个今晚我所见到的跛脚什长。唉,历史,多么古怪的事物。生恶性痈疽的人,照旧式治疗方法,可用一星一点毒药敷上,尽它溃烂,到溃烂净尽时,再用药物使新的肌肉生长,人也就恢复健康了。这跛脚什长,我对他的印象虽异常恶劣,想起他就是一个可以溃烂这乡村居民灵魂的人物,不由人不寄托一种幻想……

二十年前澧州镇守使王正雅部队一个平常马夫,姓贺名龙,兵乱时,一菜刀切下了一个散兵的头颅,二十年后就得惊动三省集中十万军队来解决这马夫。谁个人会注意这小小节目,谁个人想象得到人类历史是用什么写成的!

作于 1934 年

五个军官与一个煤矿工人

辰河弄船人有两句口号,旅行者无人不十分熟习。那口号是:"走尽天下路,难过辰溪渡。"事实上辰溪渡也并不怎样难过,不过弄船人所见不广,用纵横长约千里路一条辰河与七个支流小河作准,因此说出那么两句天真话罢了。地险人蛮却为一件事实。但那个地方,任何时节实在是一个令人神往倾心的美丽地方。

辰溪县的位置,恰在两条河流的交汇处,小小石头城临水倚山,建立在河口滩脚崖壁上。河水深到三丈尚清可见底。

河面长年来往着湘黔边境各种形体美丽的船只。山头为石灰岩,无论晴雨,总可见到烧石灰人窑上飘扬的青烟与白烟。房屋多黑瓦白墙,接瓦连椽紧密如精巧图案。对河与小山城成犄角,上游是一个三角形小阜,阜上有修船造船的干坞与宽坪。位在下游一点,则为一个三角形黑色山嘴,濒河拔峰,山脚一面接受了沅水激流的冲刷,一面被麻阳河长流的淘洗,岩石玲珑透剔。半山有个壮丽辉煌的庙宇,名"丹山寺",庙宇外岩石间且有成千大小不一的浮雕石佛。太平无事的日子,每逢佳节良辰,当地驻防长官、县知事、小乡绅及商会主席、税局一头目,便乘小船过渡到那个庙宇里饮酒赋诗或玩牌下棋。在那个悬岩半空的庙里,可以眺望上行船的白帆,听下行船摇橹人唱歌。街市尽头下游便是一个长潭,名"斤丝潭",历来传说,水深到放一斤丝线才能到底。两岸皆五色石壁,矗立如屏障一般。长潭中日夜必有成百只打鱼船,载满了黑色沉默的鱼鹰,浮在河面取鱼。小船抱流而渡,艰难处与美丽处实在可以平分。

地方又出煤炭,是湘西著名产煤区。似乎无处无煤,故山前山后随处可见到用土法开掘的煤井。沿河两岸常有运煤船停泊,码头间无时不有若干黑脸黑手脚汉子,把大块烟煤运送到船上,向船舱中抛去。若过一个取煤斜井边去,就可见到无数同样黑脸黑手脚人物,全身光裸,腰前围上一片破布,头上戴了一盏小灯,向那个俨若地狱的黑井爬进爬出。矿坑随时皆可以坍陷或被水灌入,坍了,淹了,这些到地狱讨生活的人自然也就完事了。

矿区同小山城各驻扎了相当军队。七年前,有一天晚上,一名哨兵扛了枪支,正从一个废弃了的煤井前面经过,忽然从黑暗里跃出了一个煤矿工人,一菜刀把那个哨兵头颅劈成两爿。这煤矿工人很敏捷地把枪支同子弹取下后,便就近埋藏在煤渣里。哨兵尸身被拖到那个浸了半井黑水的煤井边,咚地一声抛下去了。这个哨兵失了踪,军营里当初还以为人开了小差,照例下令各处通缉。直等到两个半月以后,尸身为人在无意中发现时,那个狡猾强悍的煤矿工人,在辰溪与芷江两县交界处的土匪队伍中称小舵把子,干打家劫舍捉肥羊的生涯已多日了。

三年后,这煤矿工人带领了约两千穷人,又在一种十分敏捷的手段下,占领了那个辰溪的小山城。防军受了相当损失,把其余部队集中在对河产煤区,准备反攻。一切船只不是逃往下游便是被防军扣留,河面一无所有,异常安静。上下行商船一律停顿到上下三五十里码头上,最美观的木筏也不能在河面见着了。煤矿全停顿了,烧石灰人也逃走了。白日里静悄悄的,只间或还可听到一两声哨兵放冷枪声音。每日黄昏里及天明前后,两方面都担心敌人渡河袭击,便各在河边燃了大大的火堆,且把机关枪毕毕剥剥地放了又放。当机关枪如拍簸箕那么反复作响时,一些逃亡在山坳里的平民,以及被约束在一个空油坊里的煤矿工人,便各在沉默里,从枪声方面估计两方的得失。多数人虽明白这战争不出一个月必可结束,落草为寇的仍然逃入深山,驻防的仍然收复了原有防地。但这战事一延长,两方面的牺牲,谁也就不能估计得到了。

每次机关枪的响声下,照例必有防军方面渡江奇袭的船只过河。照例是五个八个一伙伏在船舱里,把水湿棉絮同砂包垒积到船头与船旁,乘黄昏天晓薄雾平铺江面时挹流偷渡。

船只在沉默里行将到达岸边时,在强烈的手电筒搜索中被发现了,于是响了机关枪。船只仍然不顾一切在沉默中向岸边划去。再过一会,訇的一声,从船上掷出的手榴弹已抛到岸边哨兵防御工事边。接着两方面皆起了机关枪声音,手榴弹也继续爆炸着。再过一阵,枪声已停止,很显然的,渡河的在猛烈炮火下,地势不利失败了。这些人或连同船只沉到水中去了,或已拢岸却依然在悬崖下牺牲了。或为炮火所逼,船中人死亡将尽,剩余一个两个受了伤,尽船只向下游漂去,在五里外的长潭中,方有机会靠拢自己防地那一个岸边。

半月以内,防军在渡头上下三里前后牺牲了大约有三连实力,与三十七只大小船只。到后却有五个教导团的年轻学兵,在大雨中带了五支自动步枪、一堆手榴弹、三支连槽,用竹筏渡河,拢岸时,首先占领了土匪沿河一个重要码头,其余竹筏已陆续渡河,从占领处上了岸。在一场剧烈凶猛巷战中,那矿工统率的穷人队伍不能支持,在街头街尾一些公共建筑各处放了火,便带了残余部众,绑着县长同几个当地绅士,向东乡逃跑了。

三个月内,防军在继续追剿中,解决了那个队伍全部的实力,肉票①也皆被夺回了。但那个矿工出身土匪首领的漏网,却成为地方当局忧虑不安的事情。到后来虽悬赏探听明白了他的踪迹,却无方法可以诱出逮捕。

五个青年教导团学兵,那时节业已毕业,升了各连的见习,尚未归连。就请求上司允许他们冒一次险,且向上司说明这冒险的计划。

七天以后,辰溪沅州两县边境名为"窑上"的地方,一个制砖人小饭铺里,就有五个人吃饭。五个人全作贵州商人装束,其中有四个各扛了小扁担,打了担贵州出产的松皮纸。只一人挑了一担有盖箩筐。

这制砖人年纪已开六十岁,早为防军侦探明白是那个矿工的通信联络人。年轻人把饭吃过后,几人便互相商量到一件事情。所说的话自然就是故意想让那老头子从一旁听去的话。这时节几个人正装扮成为一群从黔省来投靠那矿工的零伙,箩筐里白米下放的是一支已拆散了的捷克式轻机关枪同若干发子弹。箩筐中真是那玩意儿! 几人一面说,一面埋怨这次来到这里的冒昧处。一片谎话把那个老奸巨猾的心说动了后,那老的搭讪着问了些闲话,相信几人真是来卖身投靠的同道了,就说他会卜课②。他为卜了一课,那卦上说,若找人,等等向西方走去,一定可以遇到他们所要见的人。等待几人离开了饭铺向西走去时,制砖人早把这个消息递给了另一方面。两方面都十分得意,以为对面的一个上了套。

因此几个人不久就同一个"管事"在街口会了面。稍稍一谈,把箩筐盖甩去一看,机关枪赫然在箩筐里。管事的再不能有何种疑虑了。就邀约五个人入山去见"龙头",吃血酒发誓,此后便祸福与共,一同作梁山上弟兄。

---

① 指被绑架的人质。
② 用掐指、摇铜钱等方法占卜。

几个年轻人却说"光棍心多,请莫见怪",以为最好倒是约"龙头"来窑上吃血酒发誓,再共同入山。管事的走去后,几个人就依然住在窑上制砖人家里等候消息。

第二天,那个机智结实矿工,带领四个散伙弟兄来到了窑上,见面后,很亲热地一谈,见得十分投契,点了香烛,杀了鸡,把鸡血开始与烧酒调和,各人正预备喝下时,在非常敏捷行为中,五个年轻人各从身边取出了手枪同小宝(解首刀)动起手来,几个从山中来的豹子,在措手不及情形中全被放翻了。那矿工最先手臂和大腿各中了一枪,早躺在地下血泊里,等到其他几个人倒下时,那矿工就冷冷地向那五个年轻人笑着说:"弟兄,弟兄,你们手脚真麻利!慢一会儿,就应归你们躺到这里了。我早就看穿了你们的诡计,明白你们是从哪儿来的卖客,好胆量!"

几个年轻人不说什么,在沉默里把那些被放翻在地下的人首级一一割下。轮到矿工时,那矿工仍然十分沉静地说:"弟兄,弟兄,不要尽做蠢事,留一个活口,你们好回去报功!"

五个年轻人心想,真应该留一个活的,好去报功。就不说什么,把他捆绑起来。

一会儿,五个年轻人便押了受伤的矿工,且勒迫那个制砖的老头子挑了四个人头,沉默地一列回辰溪县了。走到去辰溪不远的白羊河时,几人上了一只小船。

船到了辰溪上游约三里路,那个受伤的矿工又开了口:"弟兄,弟兄,一切是命。你们运气好,手面子快,好牌被你们抓上手了。那河边煤井旁,我还埋了四支连槽,爽性助和你们,你们谁同我去拿来吧。"

那煤矿原来去山脚不远,来回有二十分钟就可以了事。五个年轻人对于这提议毫不疑惑。矿工既已身受重伤,无法逃遁,四支连槽照市价值一千块钱,引起了几个年轻人的幻想,商量派谁守船都不成,于是五个人就又押了那个受伤矿工与制砖老头子,一同上了岸。走近一个废坑边,那矿工却说,枪支就埋在坑前左边一堆煤渣里。正当几个人争着去翻动煤渣寻取枪支时,矿工一瘸一拐地走近了那个业已废弃多年的矿井边,声音朗朗地从容地说道:"弟兄,弟兄,对不起,你们送了我那么多远路,有劳有偏了!"

话一说完,猛然向那深井里跃去。几个人赶忙抢到井边时,只听到咚的一声,那矿工便完事了。

　　五个青年人呆了许久,骂了许久,皆觉得被骗了一次,白忙了一阵。那废井深约四十米,有一半已灌了水。七年前那个哨兵,就是被矿工从这个井口抛下去的。

老　伴

　　我平日想到泸溪县时,回忆中就浸透了摇船人催橹歌声,且被印象中一点儿小雨,仿佛把心也弄湿了。这地方在我生活史中占了一个位置,提起来真使我又痛苦又快乐。

　　泸溪县城界于辰州与浦市两地中间,上距浦市六十里,下达辰州也恰好六十里。四面是山,对河的高山逼近河边,壁立拔峰,河水在山峡中流去。县城位置在洞河与沅水汇流处,小河泊船贴近城边,大河泊船去城约三分之一里。(洞河通称小河,沅水通称大河。)洞河来源远在苗乡,河口长年停泊了五十只左右小小黑色洞河船。弄船者有短小精悍的花帕苗,头包格子花帕,腰围短短裙子。有白面秀气的所里人,说话时温文尔雅,一张口又善于唱歌,洞河既水急山高,河身转折极多,上行船到此已不适宜于借风使帆。凡入洞河的船只,到了此地,便把风帆约成一束,做上个特别记号,寄存于城中店铺里去,等待载货下行时,再来取用。由辰州开行的沅水商船,六十里为一大站,停靠泸溪为必然的事。浦市下行船若预定当天赶不到辰州,也多在此过夜。然而上下两个大码头把生意全已抢去,每天虽有若干船只到此停泊,小城中商业却清淡异常。沿大河一方面,一个稍稍像样的青石码头也没有。船只停靠都得在泥滩与泥堤下,落了小雨,上岸下船不知要滑倒多少人!

　　十七年前的七月里,我带了"投笔从戎"的味儿,在一个"龙头大哥"兼"保安司令"的带领下,随同八百乡亲,乘了从高村抓封得到的三十来只大小船舶,浮江而下,来到了这个地方。靠岸停泊时正当傍晚,紫绛山头为落日镀上一层金色,乳色薄雾在河面流动。船只拢岸时摇船人照例促橹长歌,那歌声糅合了庄严与瑰丽,在当前景象中,真是一曲不可形容的音乐。

　　第二天,大队船只全向下游开拔去了,抛下了三只小船不曾移动。两只小船装的是旧棉军服,另一只小船,却装了十三名补充兵,全船中人年龄最大的一个十九岁,极小的一个十三岁。

十三个人在船上实在太挤了!船既不开动,天气又正热,挤在船上也会中暑发痧。因此许多人白日里尽光身泡在长河清流中,到了夜里,便爬上泥堤去睡觉。一群小子身上全是空无所在,只从城边船户人家讨来一大捆稻草,各自扎了一个草枕,在泥堤上仰面躺了五个夜晚。

这件事对于我个人不是一个坏经验。躺在尚有些微余热的泥土上,身贴大地,仰面向天,看尾部闪放宝蓝色光辉的萤火虫匆匆促促飞过头顶。沿河是细碎人语声,蒲扇拍打声,与烟杆剥剥地敲着船舷声。半夜后天空有流星曳了长长的光明下坠。滩声长流,如对历史有所陈诉埋怨。这一种夜景,实是我终身不能忘掉的夜景!

到后落雨了,各人竟上了小船。白日太长,无法排遣,各自赤了双脚,冒着小雨,从烂泥里走进县城街上去观光。大街头江西人经营的布铺,铺柜中坐了白发皤然老妇人,庄严沉默如一尊古佛。大老板无事可做,只腆着个肚皮,叉着两手,把脚拉开成为八字,站在门限边对街上檐溜出神。窄巷里石板砌成的行人道上,小孩子扛了大而朴质的雨伞,响着寂寞的钉鞋声。待到回船时,各人身上业已湿透,就各自把衣服从身上脱下,站在船头相互帮忙拧去雨水。天夜了,便满船是呛人的油气与柴烟。

在十三个伙伴中我有两个极要好的朋友。其中一个是我的同宗兄弟,名叫沈万林。年纪顶大,与那个在常德府开旅馆头戴水獭皮帽子的朋友,原本同在一个中营游击衙门里服务当差,终日栽花养金鱼,事情倒也从容悠闲。只是和上面管事头目合不来,忽然对职务厌烦起来,把管他的头目痛打了一顿,自己也被打了一顿,因此就与我们做了同伴。其次是那个年纪顶轻的,名字就叫"开明",一个赵姓成衣人的独生子,为人伶俐勇敢,稀有少见。家中虽盼望他能承继先人之业,他却梦想作个上尉副官,头戴金边帽子,斜斜佩上条红色值星带,站在副官处台阶上骂差弁,以为十分神气。因此同家中吵闹了一次,负气出了门。这小孩子年纪虽小,心可不小!同我们到县城街上转了三次,就看中了一个绒线铺的和他年龄差不多的女孩子,问我借钱向那女孩子买了三次白棉线草鞋带子。他虽买了不少带子,那时节其实连一双多余的草鞋都没有,把带子买得同我们回转船上时,他且说:"将来若作了副官,当天赌咒,一定要回来讨那女孩子做媳妇。"那女孩子名叫"××",我写《边城》故事时,弄渡船的外孙女,明慧温柔的品性,就从那绒线铺小女孩印象而来。我们各人对于这女孩子印象似乎都极好，不过当时却只有他一个人特别勇敢天真，好意思把那一点糊涂希望说出口来。

日子过去了三年，我那十三个同伴，有三个人由驻防地的辰州请假回家去，走到泸溪县境驿路上，出了意外的事情，各被土匪砍了二十余刀，流一摊血倒在大路旁死掉了。死去的三人中，有一个就是我那同宗兄弟。我因此得到了暂时还家的机会。

那时节军队正预备从鄂西开过四川就食，部队中好些年轻人一律被遣送回籍。那保安司令官意思就在让各人的父母负点儿责：以为一切是命的，不妨打发小孩子再归营报到，担心小孩子生死的，自然就不必再来了。

我于是和那个伙伴并其他二十多个年轻人，一同挤在一只小船中，还了家乡。小船上行到泸溪县停泊时，虽已黑夜，两人还进城去拍打那人家的店门，从那个女孩手中买了一次白带子。

到家不久，这小子大约不忘却作副官的好处，借故说假期已满，同成衣人爸爸又大吵了一架，偷了些钱，独自走下辰州了。我因家中无事可做，不辞危险也坐船下了辰州。我到得辰州老参将衙门报到时，方知道本军部队四千人，业已于四天前全部开拔过四川，所有相熟伙伴完全走尽了。我们已不能过四川，改成为留守处人员。留守处只剩下一个上尉军需官，一个老年上校副官长，一个跛脚中校副官，以及两班新刷下来的老弱兵士。开明被派作勤务兵，我的职务为司书生，两人皆在留守处继续供职。两人既受那个副官长管辖，老军官见我们终日坐在衙门里梧桐树下唱山歌，以为我们应找点正经事做做，就想出个巧办法，派遣两人到附近城外荷塘里去为他钓蛤蟆。两人一面钓蛤蟆一面谈天，我方知道他下行时居然又到那绒线铺买了一次带子。我们把蛤蟆从水荡中钓来，剥了皮洗刷得干干净净后，用麻线捆着那东西小脚，成串提转衙门时，老军官就加上作料，把一半熏了下酒，剩下一半还托同乡带回家中去给老太太享受，我们这种工作一直延长到秋天，才换了另外一种。

过了约一年，有一天，川边来了个特急电报：部队集中驻扎在湖北边上来凤小县城里，正预备拉夫派捐回湘，忽然当地切齿发狂的平民，受当地神兵煽动，秘密约定由神兵带头打先锋，发生了民变，各自拿了菜刀、镰刀、撇麻砍柴刀，大清早分头猛扑各个驻军庙宇和祠堂来同军队作战。四千军队在措手不及情形中，一早上就放翻了三千左右。总部中除那个保安司令官同一个副官侥幸脱逃外,其余所有高级官佐职员全被民兵砍倒了。(事后闻平民死去约七千,半年内小城中随处还可以发现白骨。)这通电报在我命运上有了个转机,过不久,我就领了三个月遣散费,离开辰州,走到出产香草香花的芷江县,每天拿了个紫色木戳,过各屠桌边验猪羊税去了。所有八个伙伴已在川边死去,至于那个同买带子同钓蛤蟆的朋友呢,消息当然从此也就断绝了。

整整过去十七年后,我的小船又在落日黄昏中,到了这个地方停靠下来。冬天水落了些,河水去堤岸已显得很远,裸露出一大片干枯泥滩。长堤上有枯苇刷刷作响,阴背地方还可看到些白色残雪。

石头城恰当日落一方,雉堞与城楼皆为夕阳落处的黄天衬出明明朗朗的轮廓。每一个山头仍然镀上了金,满河是橹歌浮动,(就是那使我灵魂轻举永远赞美不尽的歌声!)我站在船头,思索到一件旧事,追忆及几个旧人。黄昏来临,开始占领了整个空间。远近船只全只剩下一些模糊轮廓,长堤上有一堆一堆人影子移动。邻近船上炒菜落锅声音与小孩哭声杂然并陈。忽然间,城门边响了一声卖糖人的小锣,铛……一双发光乌黑的眼珠,一条直直的鼻子,一张小口,从那一槌小锣声中重现出来。我忘了这份长长岁月在人事上所发生的变化,恰同小说书本上角色一样,怀了不可形容的童心,上了堤岸进了城。城中接瓦连橡的小小房子,以及住在这小房子里的人民,我似乎与他们都十分相熟。时间虽已过了十七年,我还能认识城中的道路,辨别城中的气味。

我居然没有错误,不久就走到了那绒线铺门前了。恰好有个船上人来买棉线,当他推门进去时,我紧跟着进了那个铺子。有这样稀奇的事情吗?我见到的不正是那个女孩吗?我真惊讶得说不出话来。十七年前那小女孩就成天站在铺柜里一垛棉纱边,两手反复交换动作挽她的棉线,目前我所见到的,还是那么一个样子。难道我如浮士德一样,当真回到了那个"过去"了吗?我认识那眼睛、鼻子和薄薄的小嘴。我毫不含糊,敢肯定现在的这一个就是当年的那一个。

"要什么呀?"就是那声音,也似乎与我极其熟习。

我指定悬在钩上一束白色东西:"我要那个!"

如今真轮到我这老军务来购买系草鞋的白棉纱带子了!当那女孩子站在一个小凳子上,去为我取钩上货物时,铺柜里火盆中有茶壶沸水声音,某一处有人吸烟声音。女孩子辫发上缠的是一绺白绒线,我心想:"死了爸爸还是死了妈妈?"火盆边茶水沸了起来,小隔扇门后面有个男子哑声说话:"小翠,小翠,水开了,你怎么的?"女孩子虽已即刻跳下凳子,把水罐挪开,那男子却仍然走出来了。

真没有再使我惊讶的事了,在黄晕晕的煤油灯光下,我原来又见到了那成衣人的独生子,这人简直可说是一个老人。很显然的,时间同鸦片烟已毁了他。但不管时间同鸦片烟在这男子脸上刻下了什么记号,我还是一眼就认定这人便是那一再来到这铺子里购买带子的赵开明。从他那点神气看来,却决猜不出面前的主顾,正是同他钓蛤蟆的老伴。这人虽作不成副官,另一糊涂希望可终究被他达到了。我憬然觉悟他与这一家人的关系,且明白那个似乎永远年轻的女孩子是谁的儿女了。我被"时间"意识猛烈地捆了一巴掌,摩摩我的面颊,一句话不说,静静地站在那儿看两父女度量带子,验看点数我给他的钱。完事时,我想多停顿一会,又借故买点白糖。他们虽不卖白糖,老伴却十分热心出门为我向别一铺子把糖买来。他们那份安于现状的神气,使我觉得若用我身份惊动了他,就真是我的罪过。

我拿了那个小小包儿出城时,天已断黑,在泥堤上乱走。天上有一粒极大星子,闪耀着柔和悦目的光明。我瞅定这一粒星子,目不旁瞬。

这星光从空间到地球据说就得三千年,阅历多些,它那么镇静有它的道理。我现在还只三十岁刚过头,能那么镇静吗?

我心中似乎极其混乱,我想我的混乱是不合理的。我的脚正踏到十七年前所躺卧的泥堤上,一颗心跳跃着,勉强按捺也不能约束自己。可是,过去的,有谁人能拦住不让它过去,又有谁能制止不许它再来?时间使我的心在各种变动人事上感受了点分量不同的压力,我得沉默,得忍受。再过十七年,安知道我不再到这小城中来?世界虽极广大,人可总像近于一种宿命,限制在一定范围内,经验到他的过去相熟的事情。

为了这再来的春天,我有点忧郁,有点寂寞。黑暗河面起了缥缈快乐的橹歌。河中心一只商船正想靠码头停泊,歌声在黑暗中流动,从歌声里我俨然彻悟了什么。我明白"我不应当翻阅历史,温习历史"。在历史前面,谁人能够不感惆怅?

但我这次回来为的是什么?自己询问自己,我笑了。我还愿意再活十七年,重来看看我能看到难于想象的一切。

虎雏再遇记

四年前我在上海时，曾经做过一次荒唐的打算，想把一个年龄只十四岁，生长在边陬僻壤，小豹子一般的乡下人，用最文明的方法试来造就他。虽事在当日，就经那小子的上司预言，以为我一切设计将等于白费，所有美好的设想，到头必不免落空，我却仍然不可动摇地按照计划做去。我把那小子放在身边，勒迫他读书，打量改造他的身体改造他的心，希望他在我教育下将来成个知识界伟人。谁知不到一个月，就出了意外事情，那理想中的伟人，在上海滩生事打坏了一个人，从此便失踪了。一切水得归到海里，小豹子也只宜于深山大泽方能发展他的生命。我明白闹出了乱子以后，他必有他的生路。对于这个人此后的消息，老实说，数年来我就不大再关心了。但每当我想及自己所做那件傻事时，总不免为自己的傻处发笑。

这次湘行到达辰州地方后，我第一个见到的就是那只小豹子。除了手脚身个子长大了一些，眉眼还是那么有精神，有野性。见他时，我真是又惊又喜。当他把我从一间放满了兰草与茉莉的花房里引过，走进我哥哥住的一间大房里去，安置我在火盆边大柚木椅上坐下时，我一开口就说："祖送，祖送，你还活在这儿，我以为你在上海早被人打死了！"

他有点害羞似的微笑了，一面为我倒茶一面却轻轻地说："打不死的，日晒雨淋吃小米苞谷长大的人，哪会轻易给人打死！"

我说："我早知道你打不死，而且你还一定打死了人。我一切都知道。（说到这里时，我装成一切清清楚楚的神气。）你逃了，我明白你是什么诡计。你为的是不愿意跟在我身边好好读书，只想落草为王，故意生事逃走。可是你害得我们多难受！那教你算学的长胡子先生，自从你失踪后，他在上海各处托人打听你，奔跑了三天，为你差点儿不累倒！"

"那山羊胡子先生找我吗？"

"什么，'山羊胡子先生'！"这字眼儿真用得不雅相，不斯文。被他那么一说，我预备要说的话也接不下去了。

可是我看看他那双大手以及右手腕上那个夹金表，就明白我如今正是同一个大兵说话，并不是同四年前那个"虎雏"说话了。我错了，得纠正自己。于是我模仿粗暴笑了一下，且学作军官们气魄向他说："我问你，你为什么打死人？怎么又逃了回来？不许瞒我一字，全为我好好说出来！"

他仍然很害羞似的微笑着，告给我那件事情的一切经过。

旧事重提，显然在他这种人并不什么习惯，因此不多久，他就把话改到目前一切来了。他告我上一个月在铜仁方面的战事，本军死了多少人。且告我乡下种种情形，家中种种情形。

谈了大约一点钟，我那哥哥穿了他新作的宝蓝缎面银狐长袍，夹了一大卷京沪报纸，口中嘘嘘吹着奇异调门，从军官朋友家里谈论政治回来了，我们的谈话方始中断。

到我生长那个石头城苗乡里去，我的路程尚应当有四个日子，两天坐原来那只小船，两天还坐了小而简陋的山轿，走一段长长的山路。在船上虽一切陌生，我还可以用点钱使划船的人同我亲热起来。而且各个码头吊脚楼的风味，永远又使我感觉十分新鲜。至于这样严冬腊月，坐两整天的轿子，路上过关越卡，且得经过几处出过杀人流血案子的地方，第一个晚上，又必须在一个最坏的站头上歇脚，若没有熟人，可真有点儿麻烦了。吃晚饭时，我向我那个哥哥提议，借这个副爷送我一趟。因此第二天上路时，这小豹子就同我一起上了路。临行时哥哥别的不说，只嘱咐他"不许同人打架"。看那样子，就可知道"打架"还是这个年轻人的快乐行径。

在船上我得了同他对面谈话的方便，方知道他原来八岁里就用石头从高处砸坏了一个比他大过五岁的敌人。上海那件事发生时，在他面前倒下的，算算已是第三个了。近四年来因为跟随我那上校弟弟驻防溆浦，派归特务连服务，于是在正当决斗情形中，倒在他面前的敌人数目比从前又增加了一倍。他年纪到如今只十八岁，就亲手放翻了六个敌人，而且照他说来，敌人全超过了他一大把年龄。好一个漂亮战士！

这小子大致因为还有点怕我，所以在我面前还装得怪斯文，一句野话不说，一点蛮气不露，单从那样子看来，我就不很相信他能同什么人动手，而且一动手必占上风。

船上他一切在行，篙桨皆能使用，做事时灵便敏捷，似乎比那个小水手还得力。船搁了浅，弄船人无法可想，各跳入急水中去扛船时，他也就把上下衣服脱得光光的，跳到水中去帮忙。（我得提一句，这是十二月！）照风气，一个体面军官的随从，应有下列几样东西：一个奇异牌的手电灯，一枚金手表，一支盒子炮。且同上司一样，身上军服必异常整齐。手电灯用来照路，内地真少不了它。金手表则当军官发问："护兵，什么时候了？"就举起手看一看来回答。至于盒子炮，用处自然更多了。我那弟弟原是一个射击选手，每天出野外去，随时皆有目标啪的来那么一下。有时自己不动手，必命令勤务兵试试看。（他们每次出门至少得耗去半夹子弹。）但这小豹子既跟在我身边，带枪上路除了惹祸可以说毫无用处。我既不必防人刺杀，同时也无意打人一枪，故临行时我不让他佩枪，且要他把军服换上一套爱国呢中山服。解除了武装，看样子，他已完全不像个军人，只近于一个好弄喜事的中学生了。

我不曾经提到过，我这次回来，原是翻阅一本用人事组成的历史吗？当他跳下水去扛船时，我记起四年前他在上海与我同住的情形。当时我曾假想他过四年后能入大学一年级。

现在呢，这个人却正同船上水手一样，为了帮水手忙扛船不动，又湿淋淋地攀着船舷爬上了船，捏定篙子向急水中乱打，且笑嘻嘻地大声喊嚷。我在船舱里静静地望着他，我心想：幸好我那荒唐打算有了岔儿，既不曾把他的身体用学校锢定，也不曾把他的性灵用书本锢定。这人一定要这样发展才像个人！

他目前一切，比起住在城里大学校的大学生，开运动会时在场子中呐喊吆喝两声，饭后打打球，开学日集合好事同学通力合作折磨折磨新学生，派头可来得大多了。

等到船已挪动水手皆上了船时，我喊他："祖送，祖送，唉唉，你不冷吗？快穿起你的衣来！"

他一面舞动手中那支篙子，一面却说：

"冷呀，我们在辰州前些日子还邀人泅过大河！"

到应吃午饭时，水手无空闲，船上烧水煮饭的事完全由他作。

把饭吃过后，想起临行时哥哥嘱咐他的话，要他详详细细地来告给我那一点把对手放翻时的"经验"，以及事前事后的"感想"。"故事"上半天已说过了，我要明白的只是那些故事对于他本人的"意义"。我在他那种叙述上，我敢说我当真学了一门稀奇的功课。

他的坦白,他的口才,皆帮助我认识一个人一颗心在特殊环境下所有的式样。他虽一再犯罪却不应受何种惩罚。他并不比他的敌人强悍,只是能忍耐,知等待机会,且稍稍敏捷准确一点儿罢了。当他一个人被欺侮时,他并不即刻发动,他显得很老实,沉默,且常常和气地微笑。"大爷,你老哥要这样,还有什么话说吗?谁敢碰你老哥?请老哥海涵一点……"可是,一会儿,"小宝"飕地抽出来,或是一板凳一柴块打去,这"老哥"在措手不及情形中,哽了一声便被他弄翻了。完事后必须跑的自然就一跑,不管是税卡,是营上,或是修械厂,到一个新地方,住在棚里闲着,有什么就吃什么,不吃也饿得起,一见别人做事,就赶快帮忙去做,用勤快溜刷引起头目的注意。直到补了名字,因此把生活又放在一个新的境遇新的门路上当作赌注押去。这个人打去打来总不离开军队,一点生存勇气的来源却亏得他家祖父是个为国殉职的游击。"将门之子"的意识,使他到任何境遇里皆能支撑能忍受。他知道游击同团长名分差不多,他希望做团长。他记得一句格言:"万丈高楼平地起。"他因此永远能用起码名分在军队里混。

对于这个人的性格我不稀奇,因为这种性格从三厅屯垦军子弟中随处可以发现。我只稀奇他的命运。

小船到辰河著名的"箱子岩"上游一点,河面起了风,小船拉起一面风帆,在长潭中溜去。我正同他谈及那老游击在台湾与日本人作战殉职的遗事,且劝他此后凡事忍耐一点,应把生命押在将来对外战争上,不宜于仅为小小事情轻生决斗。想要他明白私斗一则不算角色,二则妨碍事业。见他把头低下去,长长地叹了一口气,我以为所说的话有了点儿影响,心中觉得十分快乐。

经过一个江村时,有个跑差军人身穿军服斜背单刀正从一只方头渡船上过渡,一见我们的小船,装载极轻,走得很快,就喊我们停船,想搭便船上行。船上水手知道包船人的身份,就告给那军人,说不方便,不能停船。

赶差军人可不成,非要我们停船不可。说了些恐吓话,水手还是不理会。我正想告给水手要他收帆停船,让那个军人搭坐搭坐,谁知那军人性急火大,等不得停船,已大声辱骂起来了。小豹子原蹲在船舱里,这时方爬出去打招呼:"弟兄,弟兄,对不起,请不要骂!我们船小,也得赶路。后面有船来,你搭后面那一只船吧。"

那一边看看船上是一个中学生样子人物，就说："什么对不起，赶快停停！掌舵的，你不停船我 × 你的娘，到码头时我要用刀杀你这狗杂种！"

那个掌艄人正因为风紧帆饱，一面把帆绳拉着，一面就轻轻地回骂："你杀我个鸡公，我怕你！"

小豹子却依然向那军人很和气地说："弟兄，弟兄，你不要骂人！全是出门人，不要开口就骂人！"

"我要骂人怎么样，我骂你，我就骂你，你个小狗崽子，你到码头等我！"

我担心这口舌，便喊叫他："祖送！"

小豹子被那军人折辱了，似乎记起我的劝告，一句话不说，摇摇头，默然钻进了船舱里，只自言自语地说："开口就骂人，不停船就用刀吓人，真丢我们军人的丑。"

那时节跑差军人已从渡船上了岸，还沿河追着我们的小船大骂。

我说："祖送，你同他说明白一下好些，他有公事我们有私事，同是队伍里的人，请他莫骂我们，莫追我们。"

"不讲道理让他去，不管他。他疑心这小船上有女人，以为我们怕他！"

小船挂帆走风，到底比岸上人快一些，一会儿，转过山岨时，那个军人就落后了。

小船停到 ×× 时，水手全上岸买菜去了，小豹子也上岸买菜去了，各人去了许久方回来。把晚饭吃过后，三个水手又说得上岸有点事，想离开船，小豹子说："你们怕那个横蛮兵士找来，怕什么？不要走，一切有我！这是大码头，有我们部队驻扎到这里，凡事得讲个道理！"

几个船上人虽分辩，仍然一同匆匆上岸去了。

到了半夜水手们还不回来睡觉，我有点儿担心，小豹子只是笑。我说："几个人会被那横蛮军人打了，祖送，你上去找找看！"

他好像很有把握笑着说："让他们去，莫理他们。他们上烟馆同大脚妇人吃荤烟去了，不会挨打。"

"我担心你同那兵士打架，惹了祸真麻烦我。"

他不说什么，只把手电灯照他手上的金表，大约因为表停了，轻轻地骂了两句野话。待到三个水手回转船上时，已半夜过了。

第二天一早，天还未大明，船还不开头，小豹子就在被中咕喽咕喽笑。我问他笑些什么，他说："我夜里做梦，居然被那横蛮军人打了一顿。"

我说:"梦由心造,明明白白是你昨天日里想打他,所以做梦就挨打。"

那小豹子睡眼迷蒙地说:"不是日里想打他,只是昨天煞黑时当真打了那家伙一顿!"

"当真吗?你不听我话,又闹乱子打架了吗?"

"哪里哪里,我不说同谁打什么架!"

"你自己承认的,我面前可说谎不得!你说谎我不要你跟我。"

他知道他露了口风,把话说走,就不再作声了,咕咕笑将起来。原来昨天上岸买菜时,他就在一个客店里找着了那军人,把那军人嘴巴打歪,并且差一点儿把那军人膀子也弄断了。我方明白他昨天上岸买菜去了许久的理由。

一个爱惜鼻子的朋友

　　民国十年，湘西统治者陈渠珍，受了点"五四"余波的影响，并对于联省自治抱了幻想，在保靖地方办了个湘西十三县联合中学校，教师全是由长沙聘请来的，经费由各县分摊，学生由各县选送。那学校位置在城外一个小小山丘上，清澈透明的酉水，在西边绕山脚流去，滩声入耳，使人神气壮旺。对河有一带长岭，名野猪坡，高约七八里，局势雄强。(翻岭有条官路可通永顺。)岭上土地丛林与洞穴，为烧山种田人同野兽大蛇所割据。一到晚上，虎豹就傍近种山田的人家来吃小猪，从小猪锐声叫喊里，还可知道虎豹跑去的方向。这大虫有时白天"昂"的一吼，夹河两岸山谷回声必响应许久。种田人也常常拿了刀叉火器，以及种种家伙，往树林山洞中去寻觅，用绳网捕捉大蛇，用毒烟熏取野兽。岭上最多的是野猪，喜欢偷吃山田中的苞谷和白薯，为山中人真正的仇敌。正因为对付这个无限制的损害农作物的仇敌，岭上打锣击鼓猎野猪的事，也就成为一种常有的工作，一种常有的游戏了。学校前面有个大操场，后边同左侧皆为荒坟同林莽，白日里野狗成群结队在林莽中游行，或各自蹲坐在荒坟头上眺望野景，见人不惊不惧。天阴月黑的夜里，这畜生就把鼻子贴着地面长嗅，招呼同伴，掘挖新坟，争夺死尸咀嚼。与学校小山丘遥遥相对，相去不到半里路另一山丘中凹地，是当地驻军的修械厂，机轮轧轧声音终日不息，试枪处每天可听到机关枪、迫击炮响声。新校舍的建筑，因为由军人监工，所有课堂宿舍的形式与布置，同营房差不多。学生所过的日子，也就有些同军营相近。学校中当差的用两班徒手兵士，校门守卫的用一排武装兵士，管厨房宿舍的全由部中军佐调用。

　　在这种环境中陶冶的青年学生，将来的命运，不能够如一般中学生那么平安平凡，一看也就显然明白了。

　　当时那些青年中学生，除了星期日例假，可以到城里城外一条正街和小街上买点东西，或爬山下水玩玩，此外就不许无故外出。不读书时他们就在大操场里踢踢球，这游戏新鲜而且活泼，倒很适宜于一群野性中学生。过不久，这游戏且成为一种有传染性的风气，使军部里一些青年官佐也受传染影响了。学生虽不能出门，青年官佐却随时可以来校中赛球。大家又不需要什么规则，只是把一个球各处乱踢，因此参加的人也毫无限制。我那时节在营上并无固定职务，正寄食于一个表兄弟处，白日里常随同号兵过河边去吹号，晚上就蜷伏在军械处一堆旧棉军服上睡觉。有一次被人邀去学校踢球，跟着那些青年学生吼吼嚷嚷满场子奔跑，他们上课去了，我还一个人那么玩下去。学校初办，四周还无围墙，只用有刺铁丝网拦住，什么人把球踢出了界外时，得请野地里看牛牧羊人把球抛过来，不然就得出校门绕路去拾球。自从我一作了这个学校踢球的清客后，爬铁丝网拾球的事便派归给我。我很高兴当着他们面前来作这件事，事虽并不怎么困难，不过那些学生却怕处罚，不敢如此放肆，我的行为于是成为英雄行为了。我因此认识了许多朋友。

朋友中有三个同乡，一个姓杨，凤凰高枧乡下地主的独生子。一个姓韩，我的旧上司的儿子（就是辰州府总爷巷第一支队司令部留守处那个派我每天钓蛤蟆下酒的老军官的儿子）。一个姓印，眼睛有点近视。他的父亲曾作过军部参谋长，因此在学校他俨然是个自由人。前两个人都很用心读书，姓印的可算得是个球迷。任何人邀他踢球，他必高兴奉陪，球离他不管多远，他总得赶去踢那么一脚。每到星期天，军营中有人往沿河下游四里的教练营大操场同学兵玩球时，这个人也必参加热闹。大操场里极多牛粪，有一次同人争球，见牛粪也拼命一脚踢去，弄得另一个人全身一塌糊涂。这朋友眼睛不能辨别面前的皮球同牛粪，心地可雪亮透明。体力身材皆不如人，倒有个很好的脑子。玩虽玩得厉害，应月考时各种功课皆有极好成绩。性情诙谐而快乐，并且富于应变之才，因此全校一切正当活动少不了他，大家亲昵地称呼他为"印瞎子"，承认他的聪明，同时也断定他会短命。

每到有人说他寿命不永时，他便指定自己的鼻子："大爷，别损我。我有这条鼻子，活到八十八，也无灾无难！"

有一次，几个人在一株大树下言志，讨论到各人将来的事业。姓杨的想办团防，因为作了团总就可以不受人敲诈，倒真是个地主的好打算。姓韩的想作副官长，原因是他爸爸也作过副官长，所谓承先人之业是也。还有想管"常平仓"的，想作县公署第一科长的，想作苗守备官下苗乡去称王作霸的，以及想作徐良、黄天霸，身穿夜行衣，反手接飞镖，以便打富济贫的。

有人询问那个近视眼，想知道他将来准备作什么。

他伸手出去对那个发问人打了个响榧子："不要小看我印瞎子，我不像你们那么无出息。我要做个伟人！说大话不算数，你们等着瞧吧。看相的王半仙夸奖我这条鼻子是一条龙，赵匡胤黄袍加身，不儿戏！"他说了他的抱负后，转脸向我，用手指着他自己那条鼻子，有点众人不识好汉英雄的神气，"大爷，你瞧，你说老实话，像我这样一条鼻子，送过当铺去，不是也可以当个一千八百吗？"

我忙笑着说："值得值得！"但因为想起另外一件事，不由得大笑起来了。

另一时他同我过渡，预备往野猪坡大岭上去看乡下人新捕获的大豹子，手中无钱，不能给撑渡船的钱。船快拢岸时他就那么说："划船的，伍子胥落难的故事，你明白不明白？"

撑渡船的就说："我明白！"

"你明白很好。你认准我这条鼻子，将来有你的好处。"

那弄船的好像知道是什么事了，却也指着自己鼻子说："少爷，不带钱不要紧，你也认清我这鼻子！"

"我认得，我认得，不会忘记。这是朱砂鼻子，按相书说主酒食，你一天能喝多少？我下次同你来喝个大醉吧。"

弄船的大约也很得意自己那条鼻子，听人提到它便很妩媚地微笑了。那鼻子，简直透红得像条刚从饭锅里捞出的香肠！

……

至于我当时的志向呢，因为就过去经验说来，我只能各处流转接受个人应得的一份命运，既无事业可作，还能希望什么好生活。不过我很明白"时间"这个东西十分古怪。一切人一切事都会在时间下被改变，当前的安排也许不大对，有了小小错处，不大合理，我很愿意尽一份时间来把世界同世界上的人改造一下看看。我并不计划作苗官，又不能从鼻子眼睛上什么特点增加多少自信。我不看重鼻子，不相信命运，不承认目前形势，却尊敬时间。我不大在生活上的得失关心，却了然时间对这个世界同我个人的严重意义。我愿意好好地结结实实地来做一个人，可说不出将来我要做个什么样的人。

因此一来，我当时也就算不得是个有志气的人。

民国十三年川军熊克武率领二十万大军从湘西过境，保靖地方发生了一场混战，各种主要建设全受军事影响毁掉了，那个学校在我们撤退时也被一把火烧尽了。学生各自散走后，有的成了小学教员，有的从了军，有几个还干脆作了土匪，占山落草称大王，把家中童养媳接上山去圆亲充压寨夫人。我那时已到北京，从家信中得来一点点关于他们的消息，认为很自然也很有意思。时间正在改造一切，尽强健的爬起，尽懦怯的灭亡。我在这一份岁月中，变动得比那些小同乡还更厉害，他们做的事我毫不出奇，毫不惊讶。

到了民国十六年，革命军北伐攻下武汉后，两湖方面党的势力无处不被侵入。小县小城无不建立了党的组织，当地小学教员照例十分积极成为党的中坚分子。烧木偶，除迷信，领导小学生开会游行，对本地土豪劣绅刻薄商人主张严加惩罚，打庙里菩萨破除迷信，便是小县城党部重要工作。当地防军头目同县知事，处处事事受党的挟制，虽有实力却不敢随便说话。那个姓杨的同姓韩的朋友，适在本县作小学教员。

两人在这个小小县城里，居然燃烧了自己的血液，在这一种莫名其妙的情形中，成了党的台柱。加上了个姓刘的特派员的支持，一切事都毫无顾忌，放手做去。工作的狂热，代为证明他们对这个问题认识得还如何天真。必然的变化来了，各处清党运动相继而起。军事领袖得到了惩罚活动分子的密令，十分客气把两个人从课室中请去县里开会，刚到会场就宣布省里指示，剥了他们的衣服，派一排兵士簇拥出西门城外砍了。

那个近视眼朋友，北伐军刚到湖南，就入长沙党务学校受训练，到北伐军奠定武汉，长江下游军事也渐渐得手时，他也成为某委员的小助手，身穿了一件破烂军服，每日跟随着委员各处跑，日子过得充满了狂热与兴奋。他当真有意识在做候补"伟人"了。这朋友从三一军政治部一个同乡处，知道我还困守在北京城，只是白日做梦，想用一支笔奋斗下去，打出个天下。就写了个信给我：

　　大爷，你真是条好汉！可是做好汉也有许多地方许多事业等着你，为什么尽捏紧那支笔？你记不记得起老朋友那条鼻子？不要再在北京城写什么小说，世界上已没有人再想看你那种小说了。到武汉来找老朋友，看看老朋友怎么过日子吧。你放心，想唱戏，一来就有你戏唱。从前我用脚踢牛屎，现在一切不同了，我可以踢许多许多东西了……

他一定料想不到，这一封信就差点儿把我踢入北京城的监狱里。收到这信后我被查公寓的宪警麻烦了四五次，询问了许多蠢话，抖气把那封信烧了。我当时信也不回他一个。我心想："你不妨依旧相信你那条鼻子，我也不妨仍然迷信我这一只手，等等看，过两年再说吧。"不久宁汉左右分裂，清党事起，万千青年人就从此失了踪，不知道往什么地方去了。我在武汉一些好朋友，如顾千里、张采真……也从此在人间消失了。这个朋友的消息自然再也得不到了。

……

我听许多人说及北伐时代两湖青年对革命的狂热。我对于政治缺少应有理解，也并无有兴味，然而对于这种民族的狂热感情却怀着敬重与惊奇。这究竟是怎么回事？我愿意多知道一点点。估计到这种狂热虽用人血洗过了，被时间漂过了，现在回去看看，大致已看不出什么痕迹了。然而我还以为即或"人性善忘"，也许从一些人的欢乐或恐怖印象里，多多少少还可以发现一点对我说来还可说是极新的东西。回湖南时，因此抱了一种希望。

在长沙有五个同乡青年学生来找我，在常德时我又见着七个同乡青年学生，一谈话就知道这些人一面正为"杀人屠户"提倡的读经打拳政策所困惑，不知如何是好，一面且受几年来国内各种大报小报文坛消息所欺骗，都成了颓废不振、萎琐庸俗的人物，一见我别的不说，就提出四十多个"文坛消息"要我代为证明真伪。都不打算到本身能为社会做什么，愿为社会做什么。对生存既毫无信仰，却对于三五稍稍知名或善于卖弄招摇的作家那么发生浓厚兴味。且皆想做诗人，随随便便写两首诗，以为就是一条出路。从这些人推测将来这个地方的命运，我俨然洞烛着这地方从人的心灵到每一件小事的糜烂与腐蚀。这些青年皆患精神上的营养不足，皆成了绵羊，皆怕鬼信神。一句话，完了。

过辰州时几个青年军官燃起了我另外一种希望。从他们的个别谈话中，我得到许多可贵的见识。他们没有信仰，更没有幻想，最缺少的还是那个精神方面的快乐。当前严重的事实紧紧束缚他们，军费不足，地方经济枯竭，环境尤其恶劣。他们明白自己在腐烂、分解，在我面前就毫不掩饰个人的苦闷。他们明白一切，却无力解决一切。然而他们的身体都很康健，那种本身覆灭的忧虑，会迫得他们去振作。他们虽无幻想，也许会在无路可走时接受一个幻想的指导。他们因为已明白习惯的统治方式要不得，机会若许可他们向前，这些人界于生存与灭亡之间，必知有所选择！不过这些人平时也看报看杂志，因此到时他们也会自杀，以为一切毫无希望，用颓废身心的狂嫖滥赌而自杀！

我的旅行到了离终点还有一天路程的塔伏，住在一家桥头小客店里。洗了脚，天还未黑。店主人正告给我当地有多少人家，多少烟馆。忽然听得桥东人声嘈杂，小队人马过后，接着是一乘京式三顶拐轿子，一行人等停顿在另外一家客店门前。我知道大约是什么委员，心中就希望这委员是个熟人，可以在这荒寒小地方谈谈。我正想派随从虎雏去问问委员是谁。料不到那个人一下桥，脸还不洗，就走来了。一个盒子炮护兵指定我说："您姓沈吗？局长来了！"我看到一个高个子瘦人，脸上精神饱满，戴了副玳瑁边近视眼镜，站在我面前，伸出两只瘦手来表示要握手的意思。我还不及开口，他就嚷着说："大爷，你不认识我，你一定不认识我，你看这个！"他指着鼻子哈哈大笑起来。

"你不是印瞎子？"

"大爷，印瞎子是我！"

我认识那条体面鼻子，原来真是他！我高兴极了。问起来我才明白他现在是乌宿地方的百货捐局长，这时节正押解捐款回城。未到这里以前，先已得到侦探报告，知道有个从北方来姓沈的人在前面，他就断定是我。一见当真是我，他的高兴可想而知。

我们一直谈到吃晚饭。饭后他说我们可以谈一个晚上，派护兵把他宝贵的烟具拿来。装置烟具的提篮异常精致，真可以说是件贵重美术品。烟具陈列妥当后，因为我对于烟具的赞美，他就告我这些东西的来源，那两支烟枪是贵州省主席李晓炎的，烟灯是川军将领汤子模的，烟匣是黔省军长王文华的，打火石是云南鸡足山……原来就是这些小东西，都各有出处，也各有历史或艺术价值，也是古董。至于提篮呢，还是贵州省一个烟帮首领特别定做送给局长的，试翻转篮底一看，原来还很精巧的织得有几个字！问他为什么会玩这个，他就老老实实地说明，北伐以后他对于鼻子的信仰已失去，因为吸这个，方不至于被人认为那个，胡乱捉去那个这个的。说时他把一只手比拟在他自己颈项上，做出个咔嚓一刀的姿势，且摇头否认这个解决方法。他说他不是阿Q，不欢喜这种"热闹"。

我们于是在这一套名贵烟具旁谈了一整晚话，当真好像读了另外一本

《天方夜谭》，一夜之间使我增长了许多知识，这些知识可谓稀有少见。

此后把话讨论到他身上那件玄狐袍子的价钱时，他甩起长袍一角，用手抚摸着那美丽皮毛说："大爷，这值三百六十块袁头，好得很！人家说：'瞎子，瞎子，你年纪还不到三十岁，穿这样厚狐皮会烧坏你那把骨头。'好吧，烧得坏就让他烧坏吧。我这性命横顺是捡来的，不穿不吃作什么。能多活三十年，这三十年也算是我多赚的。"

我把这次旅行观察所得同他谈及，问他是不是也感觉到一种风雨欲来的预兆。而且问他既然明白当前的一切，对于那个明日必须如何安排？他就说军队里混不是个办法，占山落草也不是出路。他想写小说，想戒了烟，把这套有历史的宝贝烟具送给中央博物院，再跟我过上海混，同茅盾老舍抢一下命运。他说他对于脑子还有点把握。只是对于自己那只手，倒有点怀疑，因为六年来除了举起烟枪对准火口，小楷字也不写一张了。

天亮后大家预备一同动身，我约他到城里时邀两个朋友过姓杨姓韩的坟上看看。他仿佛吃了一惊，赶忙退后一步："大爷，你以为我戒了烟吗？家中老婆不许我戒烟。你真是……从京里来的人，简直是个京派，什么都不明白。入境问俗，你真是……"我明白他的意思。估计他到城里，也不敢独自来找我。我住在故乡三天，这个很可爱的朋友，果然不再同我见面。

作于 1935 年

滕回生堂今昔

　　我六岁左右时害了痄疾,一张脸黄僵僵的,一出门身背后就有人喊"猴子猴子"。回过头去搜寻时,人家就咧着白牙齿向我发笑。扑拢去打吧,人多得很。装作不曾听见吧,那与本地人的品德不相称。我很羞愧,很生气。家中外祖母听从佣妇、挑水人、卖炭人与隔邻轿行老妇人出主意,于是轮流要我吃热灰里焙过的"偷油婆""使君子",吞雷打枣子木的炭粉,黄纸符烧纸的灰渣,诸如此类药物,另外还逼我诱我吃了许多古怪东西。我虽然把这些很稀奇的丹方试了又试,蛔虫成绞成团地排出,病还是不得好,人还是不能够发胖。照习惯说来,凡为一切药物治不好的病,便同"命运"有关。家中有人想起了我的命运,当然不乐观。

　　关心我命运的父亲,特别请了一个卖卦算命土医生来为我推算流年,想法禳解命根上的灾星。这算命人把我生辰干支排定后,就向我父亲建议:"大人,把少爷拜给一个吃四方饭的人作干儿子,每天要他吃习皮草蒸鸡肝,有半年包你病好。病不好,把我回生堂牌子甩了丢到大河潭里去!"

　　父亲既是个军人,毫不迟疑地回答说:

　　"好,就照你说的办。不用找别人,今天日子好,你留在这里喝酒,我们打了干亲家吧。"

　　两个爽快单纯的人既同在一处,我的命运便被他们派定了。

　　一个人若不明白我那地方的风俗,对于我父亲的慷慨处会觉得稀奇。其实这算命的当时若说:"大人,把少爷拜寄给城外碉堡旁大冬青树吧,"我父亲还是会照办的。一株树或一片古怪石头,收容三五十个寄儿,照本地风俗习惯,原是件极平常事情。且有人拜寄牛栏拜寄井水的,人神同处日子竟过得十分调和,毫无龃龉。

　　我那寄父除了算命卖卜以外,原来还是个出名草头医生,又是个拳棒家。尖嘴尖脸如猴子,一双黄眼睛炯炯放光,身材虽极矮小,实可谓心雄万夫。他把铺子开设在一城热闹中心的东门桥头上，字号名"滕回生堂"。那长桥两旁一共有二十四间铺子，其中四间正当桥垛墩，比较宽敞，许多年以前，他就占了有垛墩的一间。住处分前后两进，前面是药铺，后面住家。铺子中罗列有羚羊角、穿山甲、马蜂巢、猴头、虎骨、牛黄、马宝，无一不备。最多的还是那几百种草药，成束成把的草根木皮，堆积如山，一屋中也就长年为草药蒸发的香味所笼罩。

铺子里间房子窗口临河，可以俯瞰河里来回的柴炭船、米船、甘蔗船。河身下游约半里，有了转折，因此迎面对窗便是一座高山。那山头春夏之际作绿色，秋天作黄色，冬天则为烟雾包裹时作蓝色，为雪遮盖时只一片眩目白色。屋角隅陈列了各种武器，有青龙偃月刀、齐眉棍、连枷、钉耙。此外还有一个似桶非桶似盆非盆的东西，原来这是我那寄父年轻时节习站功所用的宝贝。他学习拉弓，想把腿脚姿势弄好，每个晚上蜷伏到那水桶里去熬夜。想增加气力，每早从桶中爬出时还得吃一条黄鳝的鲜血。站了木桶两整年，吃了黄鳝数百条，临到应考时，却被一个习武的仇人摘发他身份不明，取消了考试资格。他因此赌气离开了家乡，来到武士荟萃的凤凰县卖卜行医。为人既爽直慷慨，且能喝酒划拳，极得人缘，生涯也就不恶。作了医生尚舍不得把那个木桶丢开，可想见他还不能对那宝贝忘情。

他家中有个太太，两个儿子。太太大约一年中有半年都把手从大袖筒缩到衣里去，藏了一个小火笼在衣里烘烤，眯着眼坐在药材中，简直是一只大猫。两个儿子大的学习料理铺子，小的上学读书。两老夫妇住在屋顶，两个儿子住在屋下层桥墩上。地方虽不宽绰，那里也用木板夹好，有小窗小门，不透风，光线且异常良好。桥墩尖劈形处，石罅里有一架老葡萄树，得天独厚，每年皆可结许多球葡萄。另外还有一些小瓦盆，种了牛膝、三七、铁钉台、隔山消等等草药。尤其古怪的是一种名为"罂粟"的草花，还是从云南带来的，开着艳丽煜目的红花，花谢后枝头缀绿色果子，果子里据说就有鸦片烟。

当时一城人谁也不见过这种东西，因此常常有人老远跑来参观。当地一个拔贡①还做了两首七律诗，赞咏那个稀奇少见的植物，把诗贴到回生堂武器陈列室板壁上。

桥墩离水面高约四丈，下游即为一潭，潭里多鲤鱼鳜鱼。

---

① 科举制度中，由地方推举的贡入中央的生员。

　　两兄弟把长绳系个钓钩,挂上一片肉,夜里垂放到水中去,第二天拉起就常常可以得一尾大鱼。但我那寄父却不许他们如此钓鱼,以为那么取巧,不是一个男子汉所当为。虽然那么骂儿子,有时把钓来的鱼不问死活依然扔到河里去,有时也会把鱼煎好来款待客人。他常奖励两个儿子过教场去同兵将子弟寻衅打架,大儿子常常被人打得头破血流回来时,作父亲的一面为他敷那秘制药粉,一面就说:"不要紧,不要紧,三天就好了。你怎么不照我教你那个方法把那苗子放倒?"说时有点生气了,就在儿子额角上一弹,加上一点惩罚,看他那神气,就可明白站木桶考武秀才被屈,报仇雪耻的意识还存在。

　　我得了这样一个寄父,我的命运自然也就添了一个注脚,便是"吃药"了。我从他那儿大致尝了一百样以上的草药。假若我此后当真能够长生不老,一定便是那时吃药的结果。我倒应当感谢我那个命运,从一份吃药经验里,因此分别得出许多草药的味道、性质以及它们的形状。且引起了我此后对于辨别草木的兴味。其次是我吃了两年多鸡肝。这一堆药材同鸡肝,显然对于此后我的体质同性情都大有影响。

　　那桥上有洋广杂货店,有猪牛羊屠户案桌,有炮仗铺与成衣铺,有理发馆,有布号与盐号。我既有机会常常到回生堂去看病,也就可以同一切小铺子发生关系。我很满意那个桥头,那是一个社会的雏形,从那方面我明白了各种行业,认识了各样人物。凸了个大肚子胡须满腮的屠户,站在案桌边,扬起大斧"擦"地一砍,把肉剁下后随便一称,就猛向人菜篮中掼去,"镇关西"式人物,那神气真够神气。平时以为这人一定极其凶横蛮霸,谁知他每天拿了猪脊髓到回生堂来喝酒时,竟是个异常和气的家伙!其余如剃头的、缝衣的,我同他们认识以后,看他们工作,听他们说些故事新闻,也无一不是很有意思。我在那儿真学了不少东西,知道了不少事情。所学所知比从私塾里得来的书本知识当然有趣得多,也有用得多。

　　那些铺子一到端午时节,就如我写《边城》故事那个情形,河下竞渡龙船,从桥洞下来回过身时,桥上有人用叉子挂了小百子边炮悬出吊脚楼,噼噼啪啪地响着。夏天河中涨了水,一看上游流下了一只空船、一匹牲畜、一段树木,这些小商人为了好义或好利的原因,必争着很勇敢的从窗口跃下,凫水去追赶那些东西。不管漂流多远,总得把那东西救出。关于救人的事,我那寄父总不落人后。

　　他只想亲手打一只老虎,但得不到机会。他说他会点血,但从不见他点过谁的血。一口典型的麻阳话,开口总给人一种明朗愉快印象。

民国二十二年旧历十二月十九日,距我同那座大桥分别时将近十二年,我又回到了那个桥头了。这是我的故乡、我的学校,试想想,我当时心中怎样激动!离城二十里外我就见着了那条小河。傍着小河溯流而上,沿河绵亘数里的竹林,发蓝叠翠的山峰、白白阳光下造纸坊与制糖坊、水磨与水车、这些东西皆使我感动得厉害!后来在一个石头碉堡下,我还看到一个穿号褂的团丁,送了个头裹孝布的青年妇人过身。那黑脸小嘴高鼻梁青年妇人,使我想起我写的《凤子》故事中角色。她没有开口唱歌,然而一看却知道这妇人的灵魂是用歌声喂养长大的。我已来到我故事中的空气里了,我有点儿痴。环境空气,我似乎十分熟悉,事实上一切都已十分陌生!

见大桥时约在下午两点左右,正是市面最热闹时节。我从一群苗人一群乡下人中拥挤上了大桥,各处搜寻没有发现“滕回生堂”的牌号。回转家中我并不提起这件事。第二天一早,我得了出门的机会,就又跑到桥上去,挨家注意,终于在桥头南端,被我发现了一家小铺子。铺子中堆满了各样杂货,货物中坐定了一个瘦小如猴干瘪瘪的中年人。从那双眯得极细的小眼睛,我记起了我那个干妈。这不是我那干哥哥是谁?

我冲近他身边时,那人就说:

“唉,你要什么?”

“我要问你一个人,你是不是松林?”

里间屋孩子哭起来了,顺眼望去,杂货堆里那个圆形大木桶里,正睡了一对大小相等仿佛孪生的孩子。我万万想不到圆木桶还有这种用处,我话也说不来了。

但到后我告给他我是谁,他把小眼睛愣着瞅了我许久,一切弄明白后,便慌张得只是搓手,赶忙让我坐到一捆麻上去。

“是你!是茂林!”“茂林”是我干爹为我起的名字。

我说:“大哥,正是我!我回来了!老人家呢?”

“五年前早过世了!”

“嫂嫂呢?”

“六月里过去了!剩下两只小狗。”

“保林二哥呢?”

“他在辰州,你不见到他?他做了王村禁烟局长,有出息,讨了个乖巧屋里人,乡下买得三十亩田,做员外!"

我各处一看,卦桌不见了,横招不见了,触目全是草药。

"你不算命了吗?"

"命在这个人手上,"他说时翘起一个大拇指。"这里人已没有命可算!"

"你不卖药了吗?"

"城里有四个官药铺、三个洋药铺。苗人都进了城,卖草药人多得很,生意不好做!"

他虽说不卖药了,小屋子里其实还有许多成束成捆的草药。而且恰好这时就有个兵士来买专治腹痛的"一点白",把药找出给人后,他只捏着那两枚当一百的铜元,向我呆呆的笑。大约来买药的也不多了,我来此给他开了一个利市。

他一面茫然的这样那样数着老话,一面还尽瞅着我。忽然发问:"你从北平来南京来?"

"我在北平做事!"

"做什么事?在中央,在宣统皇帝手下?"

我就告诉他,既不在中央,也不是宣统手下。他只作成相信不过的神气,点着头,且极力退避到屋角隅去,俨然为了安全非如此不成。他心中一定有一个新名词作祟:"你可是个共产党?"他想问却不敢开口,他怕事。他只轻轻地自言自语说:"城内前年杀了两个,一刀一个。那个韩安世是韩老丙的儿子。"

有人来购买烟扦①,他便指点人到对面铺子去买。我问他这桥上铺子为什么都改成了住家户。他就告我,这桥上一共有十家烟馆,十家烟馆里还有三家可以买黄吗啡②。此外又还有五家卖烟具的杂货铺。

一出铺子到城边时,我就碰一个烟帮过身。两连护送兵各背了本地制最新半自动步枪,人马成一个长长队伍,共约三百二十余担黑货,全是从贵州来的。

我原本预备第二天过河边为这长桥摄一个影留个纪念,一看到桥墩,想起二十七年前那钵罂粟花,且同时想起目前那十家烟馆三家烟具店,这桥头的今昔情形,把我照相的勇气同兴味全失去了。

1934 年 12 月作

---

① 吸食鸦片时用以挑取烟膏或剔除烟垢的工具。
② 一种用鸦片提炼出来的毒品。

小 说 精 选

边 城

题 记

　　对于农人与兵士,怀了不可言说的温爱,这点感情在我一切作品中,随处都可以看出。我从不隐讳这点感情。我生长于作品中所写到的那类小乡城,我的祖父,父亲以及兄弟,全列身军籍:死去的莫不在职务上死去,不死的也必然地将在职务上终其一生。就我所接触的世界一面,来叙述他们的爱憎与哀乐,即或这支笔如何笨拙,或尚不至于离题太远。因为他们是正直的,诚实的,生活有些方面极其伟大,有些方面又极其平凡,性情有些方面极其美丽,有些方面又极其琐碎。——我动手写他们时,为了使其更有人性,更近人情,自然便老老实实地写下去。但因此一来,这作品或者便不免成为一种无益之业了。

　　照目前风气说来,文学理论家、批评家及大多数读者,对于这种作品是极容易引起不愉快的感情的。前者表示"不落伍",告给人中国不需要这类作品,后者"太担心落伍",目前也不愿意读这类作品。这自然是真事。"落伍"是什么? 一个有点理性的人,也许就永远无法明白,但多数人谁不害怕"落伍"? 我有句话想说:"我这本书不是为这种多数人而写的。"念了三五本关于文学理论文学批评问题的洋装书籍,或同时还念过一大堆古典与近代世界名作的人,他们生活的经验,却常常不许可他们在"博学"之外,还知道一点点中国事情。因此这个作品即或与某种文学理论相符合,批评家便加以各种赞美,这种批评其实仍然不免成为作者的侮辱。他们既并不想明白这个民族真正的爱憎与哀乐,便无法说明这个作品的得失。——这本书不是为他们而写的。至于文艺爱好者呢,他们或是大学生,或是中学生,分布于国内人口较密的都市中,常常很诚实天真的,把一部分极可宝贵的时间,来阅读国内新近出版的文学书籍。他们为一些理论家,批评家,聪明出版家,以及习惯于说谎造谣的文坛消息家,同力协作造成一种习气所控制,所支配,他们的生活,同时又实在与这个作品所提到的世界相去太远了。——他们不需要这种作品,这本书也就并不希望得到他们。理论家有各国出版物中的文学理论可以参证,不愁无话可说,批评家有他们欠了点小恩小怨的作家与作品,够他们去毁誉一世。大多数的读者,不问趣味如何,信仰如何,皆有作品可读。正因为关心读者大众,不是便有许多人,据说为读者大众,永远如陀螺在那里转变吗?这本书的出版,即或并不为领导多数的理论家与批评家所弃,被领导的多数读者又并不完全放弃它,但本书作者,却早已存心把这个"多数"放弃了。

我这本书只预备给一些"本身已离开了学校,或始终就无从接近学校,还认识些中国文字,置身于文学理论、文学批评以及说谎造谣消息所达不到的那种职务上,在那个社会里生活,而且极关心全个民族在空间与时间下所有的好处与坏处"的人去看。他们真知道农村是什么,他们必也愿意从这本书上同时还知道点世界一小角隅的农村与军人。我所写到的世界,即或在他们全然是一个陌生的世界,然而他们的宽容,他们向一本书去求取安慰与知识的热忱,却一定使他们能够把这本书很从容读下去的。我并不即此而止,还预备给他们一种对照的机会,将在另外一个作品里,来提到二十年来的内战,使一些首当其冲的农民,性格灵魂被大力所压,失去了原来的质朴,勤俭,和平,正直的型范,成了一个什么样子的新东西;他们受横征暴敛以及鸦片烟的毒害,变成了如何穷困与懒惰!我将把这个民族为历史所带走向一个不可知的命运中前进时,一些小人物在变动中的忧患,与由于营养不足所产生的"活下去"以及"怎样活下去"的观念和欲望,来作朴素的叙述。我的读者应是有理性的,而这点理性便基于对中国现社会变动有所关心,认识这个民族的过去伟大处与目前堕落处,各在那里很寂寞地从事与民族复兴大业的人。这作品或者只能给他们一点怀古的幽情,或者只能给他们一次苦笑,或者又将给他们一个噩梦,但同时说不定,也许尚能给他们一种勇气同信心!

二十三年四月二十四日记

一

由四川过湖南去,靠东有一条官路。这官路将近湘西边境到了一个地方名为"茶峒"的小山城时,有一小溪,溪边有座白色小塔,塔下住了一户单独的人家。这人家只一个老人,一个女孩子,一只黄狗。

小溪流下去,绕山岨流,约三里便汇入茶峒的大河,人若过溪越小山走去,则只一里路就到了茶峒城边。溪流如弓背,山路如弓弦,故远近有了小小差异。小溪宽约廿丈,河床为大片石头作成。静静的水即或深到一篙不能落底,却依然清澈透明,河中游鱼来去皆可以计数。小溪既为川湘来往孔道,限于财力不能搭桥,就安排了一只方头渡船。一次连人带马,约可以载二十位,人数多时则反复来去。渡船头竖了一枝小小竹竿,挂着一个可以活动的铁环,溪岸两端水面牵了一段废缆,有人过渡时,把铁环挂在废缆上,船上人则引手攀缘那条横缆,慢慢的牵船过对岸去。船将拢岸了,管理这渡船的,一面口中嚷着"慢点慢点",自己霍的跃上了岸,拉着铁环,于是人货牛马全上了岸,翻过小山不见了。渡头为公家所有,故过渡人不必出钱。有人心中不安,抓了一把钱掷到船板上时,管渡船的必为一一拾起,仍塞到那人手心里去,俨然吵嘴时的认真神气:"我有了口粮,三斗米,七百钱,够了。谁要这个!"

但不成,不管如何还是有人把钱的。管船人也为了心安起见,便把这些钱托人到茶峒去买茶叶和草烟,将茶峒出产的上等草烟,挂在自己腰带边,过渡的谁需要这东西皆慷慨奉赠。估计那远路人对于身边草烟引起了相当的注意时,便把一小束草烟扎到那人包袱上去,一面说:"不吸这个吗,这好的,这妙的,送人也很合式!"茶叶则在六月里放进大缸里去,用开水泡好,给过路人解渴。

管理这渡船的,就是住在塔下的那个老人。活了七十年,从二十岁起便守在这小溪边,五十年来不知把船来去渡了若干人。年纪虽那么老了,本来应当休息了,但天不许他休息,他仿佛便不能够同这一份生活离开。他从不思索自己的职务对于本人的意义,只是静静地很忠实地在那里活下去。代替了天,使他在日头升起时,感到生活的力量,当日头落下时,又不至于思量与日头同时死去的,是那个伴在他身旁的女孩子。他唯一的朋友为一只渡船与一只黄狗,唯一的亲人便只那个女孩子。

女孩子的母亲,老船夫的独生女,十五年前同一个茶峒军人,很秘密地背着那忠厚爸爸发生了暧昧关系。有了小孩子后,这屯戍军士便想约了她一同向下游逃去。但从逃走的行为上看来,一个违悖了军人的责任,一个却必得离开孤独的父亲。经过一番考虑后，军人见她无远走勇气，自己也不便毁去作军人的名誉，就心想：一同去生既无法聚首，一同去死当无人可以阻拦，首先服了毒。事情业已为作渡船夫的父亲知道，父亲却不加上一个有分量的字眼儿，只作为并不听到过这事情一样，仍然把日子很平静地过下去。女儿一面怀了羞惭一面却怀了怜悯，仍守在父亲身边，待到腹中小孩生下后，却到溪边吃了许多冷水死去了。在一种近于奇迹中，这遗孤居然已长大成人，一转眼间便十三岁了。为了住处两山多篁竹，翠色逼人而来，老船夫随便为这可怜的孤雏，拾取了一个近身的名字，叫作"翠翠"。

翠翠在风日里长养着，把皮肤变得黑黑的，触目为青山绿水，一对眸子清明如水晶。自然既长养她且教育她，为人天真活泼，处处俨然如一只小兽物。人又那么乖，如山头黄麂一样，从不想到残忍事情，从不发愁，从不动气。平时在渡船上遇陌生人对她有所注意时，便把光光的眼睛瞅着那陌生人，作成随时皆可举步逃入深山的神气，但明白了人无机心后，就又从从容容地在水边玩耍了。

老船夫不论晴雨，必守在船头。有人过渡时，便略弯着腰，两手缘引了竹缆，把船横渡过小溪。有时疲倦了，躺在临溪大石上睡着了，人在隔岸招手喊过渡，翠翠不让祖父起身，就跳下船去，很敏捷地替祖父把路人渡过溪，一切皆溜刷在行，从不误事。有时又和祖父、黄狗一同在船上，过渡时和祖父一同动手，船将近岸边，祖父正向客人招呼"慢点慢点"时，那只黄狗便口衔绳子，最先一跃而上，且俨然懂得如何方为尽职似的，把船绳紧衔着拖船拢岸。

风日清和的天气，无人过渡，镇日长闲，祖父同翠翠便坐在门前大岩石上晒太阳。或把一段木头从高处向水中抛去，嗾身边黄狗自岩石高处跃下，把木头衔回来。或翠翠与黄狗皆张着耳朵，听祖父说些城中多年以前的战争故事。或祖父同翠翠两人，各把小竹做成的竖笛，逗在嘴边吹着迎亲送女的曲子，过渡人来了，老船夫放下了竹管，独自跟到船边去，横溪渡人，在岩上的一个，见船开动时，于是锐声喊着：

"爷爷，爷爷，你听我吹，你唱！"

爷爷到溪中央便很快乐地唱起来，哑哑的声音同竹管声，振荡在寂静空气里，溪中仿佛也热闹了一些。（实则歌声的来复，反而使一切更寂静一些了。）

有时过渡的是从川东过茶峒的小牛,是羊群,是新娘子的花轿,翠翠必争着作渡船夫,站在船头,懒懒地攀引缆索,让船缓缓的过去。牛羊花轿上岸后,翠翠必跟着走,站到小山头,目送这些东西走去很远了,方回转船上,把船牵靠近家的岸边。且独自低低的学小羊叫着,学母牛叫着,或采一把野花缚在头上,独自装扮新娘子。

茶峒山城只隔渡头一里路,买油买盐时,逢年过节祖父得喝一杯酒时,祖父不上城,黄狗就伴同翠翠入城里去备办东西。到了买杂货的铺子里,有大把的粉条,大缸的白糖,有炮仗,有红蜡烛,莫不给翠翠一种很深的印象,回到祖父身边,总把这些东西说个半天。那里河边还有许多船,比起渡船来全大得多,有趣味得多,翠翠也不容易忘记。

二

茶峒地方凭水依山筑城,近山的一面,城墙如一条长蛇,缘山爬去。临水一面则在城外河边留出余地设码头,湾泊小小篷船。船下行时运桐油青盐,染色的栲子。上行则运棉花、棉纱,以及布匹、杂货同海味。贯串各个码头有一条河街,人家房子多一半着陆,一半在水,因为余地有限,那些房子莫不设有吊脚楼。河中涨了春水,到水进街后,河街上人家,便各用长长的梯子,一端搭在屋檐口,一端搭在城墙上,人人皆骂着嚷着,带了包袱、铺盖、米缸,从梯子上进城里去,水退时方又从城门口出城。某一年水若来得特别猛一些,沿河吊脚楼,必有一处两处为大水冲去,大家皆在城上头呆望。受损失的也同样呆望着,对于所受的损失仿佛无话可说,与在自然安排下,眼见其他无可挽救的不幸来时相似。涨水时在城上还可望着骤然展宽的河面,流水浩浩荡荡,随同山水从上流浮沉而来的有房子、牛、羊、大树。于是在水势较缓处,税关趸船前面,便常常有人驾了小舢板,一见河心浮沉而来的是一匹牲畜、一段小木,或一只空船,船上有一个妇人或一个小孩哭喊的声音,便急急地把船桨去,在下游一些迎着了那个目的物,把它用长绳系定,再向岸边桨去。这些诚实勇敢的人,也爱利,也仗义,同一般当地人相似。不拘救人救物,却同样在一种愉快冒险行为中,做得十分敏捷勇敢,使人见及不能不为之喝彩。

那条河水便是历史上知名的酉水,新名字叫作白河。白河下游到辰州与沅水汇流后,便略显浑浊,有出山泉水的意思。若溯流而上,则三丈五丈的深潭皆清澈见底。深潭中为白日所映照,河底小小白石子,有花纹的玛瑙石子,全看得明明白白。水中游鱼来去,皆如浮在空气里。两岸多高山,山中多可以造纸的细竹,长年作深翠颜色,逼人眼目。近水人家多在桃杏花里,春天时只需注意,凡有桃花处必有人家,凡有人家处必可沽酒。夏天则晒晾在日光下耀目的紫花布衣裤,可以作为人家所在的旗帜。秋冬来时,房屋在悬崖上的、滨水的,无不朗然入目。黄泥的墙,乌黑的瓦,位置则永远那么妥帖,且与四围环境极其调和,使人迎面得到的印象,非常愉快。一个对于诗歌图画稍有兴味的旅客,在这小河中,蜷伏于一只小船上,作三十天的旅行,必不至于感到厌烦,正因为处处有奇迹,自然的大胆处与精巧处,无一处不使人神往倾心。

白河的源流,从四川边境而来,从白河上行的小船,春水发时可以直达川属的秀山。但属于湖南境界的,则茶峒为最后一个水码头。这条河水的河面,在茶峒时虽宽约半里,当秋冬之际水落时,河床流水处还不到二十丈,其余只是一滩青石。小船到此后,既无从上行,故凡川东的进出口货物,皆由这地方落水起岸。出口货物俱由脚夫用杉木扁担压在肩膊上挑抬而来,入口货物也莫不从这地方成束成担的用人力搬去。

这地方城中只驻扎一营由昔年绿营屯丁改编而成的戍兵,及五百家左右的住户。(这些住户中,除了一部分拥有了些山田同油坊,或放账屯油、屯米、屯棉纱的小资本家外,其余多数皆为当年屯戍来此有军籍的人家。)地方还有个厘金局,办事机关在城外河街下面小庙里。局长则住在城中。一营兵士驻扎老参将衙门,除了号兵每天上城吹号玩,使人知道这里还驻有军队以外,其余兵士皆仿佛并不存在。冬天的白日里,到城里去,便只见各处人家门前皆晾晒有衣服同青菜。红薯多带藤悬挂在屋檐下。用棕衣做成的口袋,装满了栗子榛子,也多悬挂在檐口下。各处有大小鸡叫着玩着。间或有什么男子,占据在自己屋前门限上锯木,或用斧头劈树,把劈好的柴堆到敞坪里去如宝塔。又或可以见到几个妇人,穿了浆洗得极硬的蓝布衣裳,胸前挂有白布扣花围裙,躬着腰在日光下一面说话一面做事。一切永远总那么静寂,所有人民每个日子皆在这种寂寞里过去。一分安静增加了人对于"人事"的思索力,增加了梦。在这小城中生存的,各人也一定皆各在分定一份日子里,怀了对于人事爱憎必然的期待。但这些人想些什么？谁知道。住在城中较高处，门前一站便可以眺望对河以及河中的景致，船来时，远远的就从对河滩上看着无数纤夫。那些纤夫也有从下游地方，带了细点心洋糖之类，拢岸时却拿进城中来换钱的。船来时，小孩子的想象，当在那些拉船人一方面。大人呢，孵一窠小鸡，养两只猪，托下行船夫带两丈官青布，或一坛好酱油、一个双料的美孚灯罩回来，便占去了大部分作主妇的心了。

这小城里虽那么安静和平，但地方既为川东商业交易接头处，因此城外小小河街，情形却不同了一点。也有商人落脚的客店，坐镇不动的理发馆。此外饭店、杂货铺、油行、盐栈、花衣庄，莫不各有一种地位，装点了这条河街。还有卖船上檀木活车竹缆与罐锅铺子，介绍水手职业吃码头饭的人家。小饭店门前，常有煎得焦黄的鲤鱼豆腐，身上装饰了红辣椒丝，卧在浅口钵头里，钵旁大竹筒中插着大把红筷子，不拘谁个愿意花点钱，这人就可以傍了门前长案坐下来，抽出一双筷子到手上，那边一个眉毛扯得极细脸上擦了白粉的妇人就走过来问："要甜酒？要烧酒？"男子火焰高一点的，谐趣的，对内掌柜有点意思的，必装成生气似的说："吃甜酒？又不是小孩，还问人吃甜酒！"那么，酽冽的烧酒，从大瓮里用木滤子舀出，倒进土碗里，即刻就来到身边案桌上了。杂货铺卖美孚油及点美孚油的洋灯与香烛纸张。油行屯桐油。盐栈堆火井出的青盐。花衣庄则有白棉纱、大布、棉花以及包头的黑绉绸出卖。卖船上用物的，百物罗列，无所不备，且间或有重至百斤以外的铁锚，搁在门外路旁，等候主顾问价的。专以介绍水手为事业，吃水码头饭的，则在河街的家中，终日大门敞开着，常有穿青羽缎马褂的船主与毛手毛脚的水手进出，地方像茶馆却不卖茶，不是烟馆又可以抽烟。来到这里的，虽说所谈的是船上生意经，然而船只的上下，划船拉纤人大都有一定规矩，不必作数目上的讨论。他们来到这里大多数倒是在"联欢"。以"龙头管事"作中心，谈论点本地时事，两省商务上情形，以及下游的"新事"。邀会的，集款时大多数皆在此地，爬骰子看点数多少轮作会首时，也常常在此举行。真真成为他们生意经的，有两件事：买卖船只，买卖媳妇。

大都市随了商务发达而产生的某种寄食者，因为商人的需要，水手的需要，这小小边城的河街，也居然有那么一群人，聚集在一些有吊脚楼的人家。这种妇人不是从附近乡下弄来，便是随同川军来湘流落后的妇人，穿了假洋绸的衣服,印花标布的裤子,把眉毛扯得成一条细线,大大的发髻上敷了香味极浓俗的油类,白日里无事,就坐在门口做鞋子,在鞋尖上用红绿丝线挑绣双凤,或靠在临河窗口上看水手起货,听水手爬桅子唱歌。到了晚间,则轮流的接待商人同水手,切切实实尽一个妓女应尽的义务。

由于边地的风俗淳朴,便是作妓女,也永远那么浑厚,遇不相熟的人,做生意时得先交钱,再关门撒野,人既相熟后,钱便在可有可无之间了。妓女多靠四川商人维持生活,但恩情所结,则多在水手方面。感情好的,互相咬着嘴唇咬着颈脖发了誓,约好了"分手后各人皆不许胡闹",四十天或五十天,在船上浮着的那一个,同在岸上蹲着的这一个,便皆呆着打发这一堆日子,尽把自己的心紧紧缚定远远的一个人。尤其是妇人,痴到无可形容,男子过了约定时间不回来,做梦时,就总常常梦船拢了岸,一个人摇摇荡荡地从船跳板到了岸上,直向身边跑来。或日中有了疑心,则梦里必见男子在桅上向另一方面唱歌,却不理会自己。弱一点儿的,接着就在梦里投河吞鸦片烟;性格强一点儿的便手执菜刀,直向那水手奔去。他们生活虽那么同一般社会疏远,但是眼泪与欢乐,在一种爱憎得失间,揉进了这些人生活里时,也便同另外一片土地另外一些生命相似,全个身心为那点爱憎所浸透,见寒作热,忘了一切。若有多少不同处,不过是这些人更真切一点,也更近于糊涂一点罢了。短期的包定,长期的嫁娶,一时间的关门,这些关于一个女人身体上的交易,由于民情的淳朴,身当其事的不觉得如何下流可耻,旁观者也就从不用读书人的观念,加以指摘与轻视。这些人既重义轻利,又能守信自约,即便是娼妓,也常常较之知羞耻的城市中绅士还更可信任。

掌水码头的名叫顺顺,一个前清时便在营伍中混过日子来的人物,革命时在著名的陆军四十九标做个什长。同样做什长的,有因革命成了伟人名人的,有杀头碎尸的,他却带着少年喜事得来的脚疯痛,回到了家乡,把所积蓄的一点钱,买了一条六桨白木船,租给一个穷船主,代人装货在茶峒与辰州之间来往。气运好,半年之内船不坏事,于是他从所赚的钱上,又讨了一个略有产业的白脸黑发小寡妇。数年后,在这条河上,他就有了大小四只船,一个妻子,两个儿子了。

但这个大方洒脱的人,事业虽十分顺手,却因欢喜交朋结友,慷慨而又能济人之急,便不能同贩油商人一样大大发作起来。自己既在粮子里混过日子,明白出门人的甘苦,理解失意人的心情,故凡因船只失事破产的船家,过路的退伍兵士,游学文人,凡到了这个地方,闻名求助的莫不尽力帮助。一面从水上赚来钱,一面就这样洒脱散去。这人虽然脚上有点小毛病,还能泅水,走路难得其平,为人却那么公正无私。水面上各事原本极其简单,一切皆为一个习惯所支配,谁个船碰了头,谁个船妨害了别一个人别一只船的利益,皆照例有习惯方法来解决。惟运用这种习惯规矩排调一切的,必需一个高年硕德的中心人物。某年秋天,那原来一个执事人死去了,顺顺作了这样一个代替者。那时他还只五十岁,明事明理,为人既正直和平又不爱财,故无人对他年龄怀疑。

到如今,他的儿子大的已十六岁,小的已十四岁。两个年轻人皆结实如小公牛,能驾船,能泅水,能走长路。凡从小乡城里出身的年轻人所能够作的事,他们无一不作,作去无一不精。年纪较长的,如他们爸爸一样,豪放豁达,不拘常套小节。年幼的则气质近于那个白脸黑发的母亲,不爱说话,眼眉却秀拔出群,一望即知其为人聪明而又富于感情。

两兄弟既年已长大,必须在各种生活上来训练他们的人格,作父亲的就轮流派遣两个小孩子各处旅行;向下行船时,多随了自己的船只充伙计,甘苦与人相共。荡桨时选最重的一把,背纤时拉头纤二纤,吃的是干鱼、辣子、臭酸菜,睡的是硬邦邦的舱板。向上行从旱路走去,则跟了川东客货,过秀山、龙潭、酉阳作生意,不论寒暑雨雪,必穿了草鞋按站赶路。且佩了短刀,遇不得已必须动手,便霍的把刀抽出,站到空阔处去,等候对面的一个,继着就同这个人用肉搏来解决。帮里的风气,既为"对付仇敌必须用刀,联结朋友也必须用刀",故需要刀时,他们也就从不让它失去那点机会。学贸易,学应酬,学习到一个新地方去生活,且学习用刀保护身体同名誉,教育的目的,似乎在使两个孩子学得做人的勇气与义气。一分教育的结果,弄得两个人皆结实如老虎,却又和气亲人,不骄惰,不浮华,故父子三人在茶峒边境上为人所提及时,人人对这个名姓无不加以一种尊敬。

作父亲的当两个儿子很小时,就明白大儿子一切与自己相似,却稍稍见得溺爱那第二个儿子。由于这点不自觉的私心,他把长子取名天保,次子取名傩送。意思是天保佑的在人事上或不免有龃龉处,至于傩神所送来的,照当地习气,人便不能稍加轻视了。傩送美丽得很,茶峒船家人拙于赞扬这种美丽,只知道为他取出一个诨名为"岳云"。虽无什么人亲眼看到过岳云,一般的印象,却从戏台上小生岳云,得来一个相近的神气。

三

两省接壤处,十余年来主持地方军事的,注重在安辑保守,处置还得法,并无变故发生。水陆商务既不至于受战争停顿,也不至于为土匪影响,一切莫不极有秩序,人民也莫不安分乐生。这些人,除了家中死了牛,翻了船,或发生别的死亡大变,为一种不幸所绊倒,觉得十分伤心外,中国其他地方正在如何不幸挣扎中的情形,似乎就还不曾为这边城人民所感到。

边城所在一年中最热闹的日子,是端午、中秋和过年。三个节日过去三五十年前,如何兴奋了这地方人,直到现在,还毫无什么变化,仍能成为那地方居民最有意义的几个日子。

端午日,当地妇女小孩子,莫不穿了新衣,额角上用雄黄蘸酒画了个王字。任何人家到了这天必可以吃鱼吃肉。大约上午十一点钟左右,全茶峒人就吃了午饭,把饭吃过后,在城里住家的,莫不倒锁了门,全家出城到河边看划船。河街有熟人的,可到河街吊脚楼门口边看,不然就站在税关门口与各个码头上看。河中龙船以长潭某处作起点,税关前作终点,作比赛竞争。因为这一天军官税官以及当地有身份的人,莫不在税关前看热闹。划船的事各人在数天以前就早有了准备,分组分帮各自选出了若干身体结实,手脚伶俐的小伙子,在潭中练习进退。船只的形式,与平常木船大不相同,形体一律又长又狭,两头高高翘起,船身绘着朱红颜色长线,平常时节多搁在河边干燥洞穴里,要用它时,拖下水去。每只船可坐十二个到十八个桨手,一个带头的,一个鼓手,一个锣手。桨手每人持一支短桨,随了鼓声缓促为节拍,把船向前划去。坐在船头上,头上缠裹着红布包头,手上拿两支小令旗,左右挥动,指挥船只的进退。擂鼓打锣的,多坐在船只的中部,船一划动便即刻蓬蓬镗镗把锣鼓很单纯地敲打起来,为划桨水手调理下桨节拍。一船快慢既不得不靠鼓声,故每当两船竞赛到剧烈时,鼓声如雷鸣,加上两岸人呐喊助威,便使人想起小说故事上梁红玉老鹳河时水战擂鼓种种情形。凡把船划到前面一点的,必可在税关前领赏,一匹红,一块小银牌,不拘缠挂到船上某一个人头上去,皆显出这一船合作的光荣。好事的军人,当每次某一只船胜利时,必在水边放些表示胜利庆祝的五百响鞭炮。

赛船过后,城中的戍军长官,为了与民同乐,增加这节日的愉快起见,便把三十只绿头长颈大雄鸭,颈脯上缚了红布条子,放入河中,尽善于泅水的军民人等,下水追赶鸭子。不拘谁把鸭子捉到,谁就成为这鸭子的主人。于是长潭换了新的花样,水面各处是鸭子,各处有追赶鸭子的人。

船与船的竞赛,人与鸭子的竞赛,直到天晚方能完事。

掌水码头的龙头大哥顺顺,年轻时节便是一个泅水的高手,入水中去追逐鸭子,在任何情形下总不落空。但一到次子傩送年过十二岁时,已能入水闭气氽着到鸭子身边,再忽然从水中冒水而出,把鸭子捉到,这作爸爸的便解嘲似的向孩子们说:"好,这种事有你们来作,我不必再下水和你们争显本领了。"于是当真就不下水与人来竞争捉鸭子。但下水救人呢,当作别论。凡帮助人远离患难,便是入火,人到八十岁,也还是成为这个人一种不可逃避的责任!

天保、傩送两人皆是当地泅水划船好选手。

端午又快来了,初五划船,河街上初一开会,就决定了属于河街的那只船当天入水。天保恰好在那天应向上行,随了陆路商人过川东龙潭送节货,故参加的就只傩送。十六个结实如牛犊的小伙子,带了香烛鞭炮,同一个用生牛皮蒙好,绘有朱红太极图的高脚鼓,到了搁船的河上游山洞边,烧了香烛,把船拖入水后,各人上了船,燃着鞭炮,擂着鼓,这船便如一支没羽箭似的,很迅速地向下游长潭射去。

那时节还是上午,到了午后,对河渔人的龙船也下了水,两只龙船就开始预习种种竞赛的方法。水面上第一次听到了鼓声,许多人从这鼓声中,感到了节日临近的欢悦。住临河吊脚楼对远方人有所等待、有所盼望的,也莫不因鼓声想到远人。在这个节日里,必然有许多船只可以赶回,也有许多船只只合在半路过节,这之间,便有些眼目所难见的人事哀乐,在这小山城河街间,让一些人开心,也让一些人皱眉!

蓬蓬鼓声掠水越山到了渡船头那里时,最先注意到的是那只黄狗。那黄狗汪汪地吠着,受了惊似地绕屋乱走,有人过渡时,便随船渡过河东岸去,且跑到那小山头向城里一方面大吠。

翠翠正坐在门外大石上用棕叶编蚱蜢、蜈蚣玩,见黄狗先在太阳下睡着,忽然醒来便发疯似地乱跑,过了河又回来,就问它骂它:

"狗,狗,你做什么!不许这样子!"

可是一会儿那声音被她发现了,她于是也绕屋跑着,且同黄狗一块儿渡过了小溪,站在小山头听了许久,让那点迷人的鼓声,把自己带到一个过去的节日里去。

四

还是两年前的事。五月端阳,渡船头祖父找人作了替手,便带了黄狗同翠翠进城,到大河边去看划船。河边站满了人,四只朱色长船在潭中滑着,龙船水刚刚涨过,河中水皆泛着豆绿色,天气又那么明朗,鼓声蓬蓬响着,翠翠抿着嘴一句话不说,心中充满了不可言说的快乐。河边人太多了一点,各人皆尽张着眼睛望河中,不多久,黄狗还在身边,祖父却挤得不见了。

翠翠一面注意划船,一面心想:"过不久祖父总会找来的。"但过了许久,祖父还不来,翠翠便稍稍有点儿着慌了。先是两人同黄狗进城前一天,祖父就问翠翠:"明天城里划船,倘若一个人去看,人多怕不怕?"翠翠就说:"人多我不怕,但是只是自己一个人可不好玩。"于是祖父想了半天,方想起一个住在城中的老熟人,赶夜里到城里去商量,请那老人来看一天渡船,自己却陪翠翠进城玩一天。且因为那人比渡船老人更孤单,身边无一个亲人,也无一只狗,因此便约好了那人早上过家中来吃饭,喝一杯雄黄酒。第二天那人来了,吃了饭,把职务委托那人以后,翠翠等便进了城。到路上时,祖父想起什么似的,又问翠翠:"翠翠,翠翠,人那么多,好热闹,你一个人敢到河边看龙船吗?"翠翠说:"怎么不敢?可是一个人玩有什么意思?"到了河边后,长潭里的四只红船,把翠翠的注意力完全占去了,身边祖父似乎也可有可无了。祖父心想:"时间还早,到收场时,至少还得三个时刻。溪边的那个朋友,也应当来看看年轻人的热闹,回去一趟,换换地位还赶得及。"因此就告翠翠:"人太多了,站在这里看,不要动,我到别处去有事情,无论如何总赶得回来伴你回家。"翠翠正为两只竞速并进的船迷着,祖父说的话毫不思索就答应了。祖父知道黄狗在翠翠身边,也许比他自己在她身边还稳当,于是便回家看船去了。

祖父到了那渡船处时,见代替他的老朋友,正站在白塔下注意听远处鼓声。

祖父喊他,请他把船拉过来,两人渡过小溪仍然站到白塔下去。那人问老船夫为什么又跑回来,祖父就说想替他一会儿,所以把翠翠留在河边,自己赶回来,好让他也过河边去看看热闹,且说:"看得好,就不必再回来,只须见了翠翠告她一声,翠翠到时自会回家的。小丫头不敢回家,你就伴她走走!"但那替手对于看龙船已无什么兴味,却愿意同老船夫在这溪边大石上各自再喝两杯烧酒。老船夫十分高兴,把葫芦取出,推给城中来的那一个。两人一面谈些端午旧事,一面喝酒,不到一会,那人却在岩石上被烧酒醉倒了。

人既醉倒了,无从入城,祖父为了责任又不便与渡船离开,留在城中河边的翠翠,便不能不着急了。

河中划船的决了最后胜负后,城里军官已派人驾小船在潭中放了一群鸭子,祖父还不见来。翠翠恐怕祖父也正在什么地方等着她,因此带了黄狗各处人丛中挤着去找寻祖父,结果还是不得祖父的踪迹。后来看看天快要黑了,军人扛了长凳出城看热闹的,皆已陆续扛了那凳子回家。潭中的鸭子只剩下三五只,捉鸭人也渐渐的少了。落日向上游翠翠家中那一方落去,黄昏把河面装饰了一层薄雾。翠翠望到这个景致,忽然起了一个怕人的想头,她想:"假若爷爷死了?"

她记起祖父嘱咐她不要离开原来地方那一句话,便又为自己解释这想头的错误,以为祖父不来,必是进城去或到什么熟人处去,被人拉着喝酒,故一时不能来的。正因为这也是可能的事,她又不愿在天未断黑以前,同黄狗赶回家去,只好站在那石码头边等候祖父。

再过一会,对河那两只长船已泊到对河小溪里去不见了,看龙船的人也差不多全散了。吊脚楼有娼妓的人家,已上了灯,且有人敲小斑鼓弹月琴唱曲子。另外一些人家,又有划拳行酒的吵嚷声音。同时停泊在吊脚楼下的一些船只,上面也有人在摆酒炒菜,把青菜萝卜之类,倒进滚热油锅里去时发出沙沙的声音。河面已朦朦胧胧,看去好像只有一只白鸭在潭中浮着,也只剩一个人追着这只鸭子。

翠翠还是不离开码头,总相信祖父会来找她,同她一起回家。

吊脚楼上唱曲子声音热闹了一些,只听到下面船上有人说话,一个水手说:"金亭,你听你那婊子陪川东庄客喝酒唱曲子,我赌个手指,说这是她的声音!"另一个水手就说:"她陪他们喝酒唱曲子,心里可想我。她知道我在船上!"先前那一个又说:"身体让别人玩着,心还想着你;你有什么凭据?"

另一个说:"有凭据。"于是这水手吹着嗡哨,作出一个古怪的记号,一会儿,楼上歌声便停止了。歌声停止后,两个水手皆笑了。两人接着便说了些关于那个女人的一切,使用了不少粗鄙字眼,翠翠很不习惯把这种话听下去,但又不能走开。且听水手之一说楼上妇人的爸爸是在棉花坡被人杀死的,一共杀了十七刀,翠翠心中那个古怪的想头"爷爷死了呢?"便仍然占据到心里有一会儿。

两个水手还正在谈话,潭中那只白鸭慢慢地向翠翠所在的码头边游来,翠翠想:"再过来些我就捉住你!"于是静静地等着,但那鸭子将近岸边三丈远近时,却有个人笑着,喊那船上水手。原来水中还有个人,那人已把鸭子捉到手,却慢慢地"踹水"游近岸边的。船上人听到水面的喊声,在隐约里也喊道:"二老,二老,你真干,你今天得了五只吧?"那水上人说:"这家伙狡猾得很,现在可归我了。""你这时捉鸭子,将来捉女人,一定有同样的本领。"水上那一个不再说什么,手脚并用地拍着水傍了码头。湿淋淋地爬上岸时,翠翠身旁的黄狗,仿佛警告水中人似的,汪汪地叫了几声,那人方注意到翠翠。码头上已无别的人,那人问:

"是谁人?"

"我是翠翠!"

"翠翠又是谁?"

"是碧溪岨撑渡船的孙女。"

"这里又没有人过渡,你在这儿做什么?"

"我等我爷爷。我等他来好回家去。"

"等他来他可不会来,你爷爷一定到城里军营里喝了酒,醉倒后被人抬回去了!"

"他不会。他答应来找我,就一定会来的。"

"这里等也不成。到我家里去,到那边点了灯的楼上去,等爷爷来找你好不好?"

翠翠误会了邀他进屋里去那个人的好意,正记着水手说的妇人丑事,她以为那男子就是要她上有女人唱歌的楼上去,本来从不骂人,这时正因等候祖父太久了,心中焦急得很,听人要她上去,以为欺侮了她,就轻轻地说:

"你个悖时砍脑壳的!"

话虽轻轻的,那男的却听得出,且从声音上听得出翠翠年纪,便带笑说:

"怎么,你那么小小的还会骂人!你不愿意上去,要待在这儿,回头水里大鱼来咬了你,可不要叫喊救命!"

翠翠说:"鱼咬了我,也不关你的事。"

那黄狗好像明白翠翠被人欺侮了,又汪汪地吠起来。那男子把手中白鸭举起,向黄狗吓了一下,"老兄,你要怎么!"便走上河街去了。黄狗为了自己被欺侮还想追过去,翠翠便喊:"狗,狗,你叫人也看人叫!"翠翠意思仿佛只在告给狗"那轻薄男子还不值得叫",但男子听去的却是另外一种好意,男的以为是她要狗莫向好人叫,放肆地笑着,不见了。

又过了一阵,有人从河街拿了一个废缆做成的火炬,一面晃着一面喊叫着翠翠的名字来找寻她,到身边时翠翠却不认识那个人。那人说:老船夫回到家中,不能来接她,故搭了过渡人口信来,要她即刻就回去。翠翠听说是祖父派来的,就同那人一起回家,让打火把的在前引路,黄狗时前时后,一同沿了城墙向渡口走去。翠翠一面走一面问那拿火把的人,是谁告他就知道她在河边。那人说是二老告他的,他是二老家里的伙计,送翠翠回家后还得回转河街。

翠翠说:"二老他怎么知道我在河边?"

那人便笑着说:"他从河里捉鸭子回来,在码头上见你,他说好意请你上家里坐坐,等候你爷爷,你还骂过他!你那只狗不识吕洞宾,只是叫!"

翠翠带了点儿惊讶,轻轻地问:"二老是谁?"

那人也带了点儿惊讶说:"二老你还不知道?就是我们河街上的傩送二老!就是岳云!他要我送你回去!"

傩送二老在茶峒地方不是一个生疏的名字!

翠翠想起自己先前骂人那句话,心里又吃惊又害羞,再也不说什么,默默地随了那火把走去。

翻过了小山岨,望得见对溪家中火光时,那一方面也看见了翠翠方面的火把,老船夫即刻把船拉过来,一面拉船一面哑声儿喊问:"翠翠,翠翠,是不是你?"翠翠不理会祖父,口中却轻轻地说:"不是翠翠,不是翠翠,翠翠早被大河里鲤鱼吃去了。"翠翠上了船,二老派来的人,打着火把走了,祖父牵着船问:"翠翠,你怎么不答应我,生我的气了吗?"

翠翠站在船头还是不作声。翠翠对祖父那一点儿埋怨,等到把船拉过了溪,一到了家中,看明白了醉倒的另一个老人后,就完事了。但另一件事,属于自己不关祖父的,却使翠翠沉默了一个夜晚。

五

两年日子过去了。

这两年来两个中秋节,恰好无月亮可看,凡在这边城地方,因看月而起整夜男女唱歌的故事,通统不能如期举行,故两个中秋留给翠翠的印象,极其平淡无奇。两个新年却照例可以看到军营里和各乡来的狮子龙灯,在小教场迎春,锣鼓喧阗很热闹。到了十五夜晚,城中舞龙耍狮子的镇箪兵士,还各自赤裸着肩膊,往各处去欢迎炮仗烟火。城中军营里,税关局长公馆,河街上一些大字号,莫不预先截老毛竹筒,或镂空棕榈树根株,用洞硝拌和磺炭钢砂,一千槌八百槌把烟火做好。好勇取乐的军士,光赤着个上身,玩着灯打着鼓来了,小鞭炮如落雨的样子,从悬到长竿尖端的空中落到玩灯的光赤赤肩背上,锣鼓催动急促的拍子,大家皆为这事情十分兴奋。鞭炮放过一阵后,用长凳脚绑着的大筒灯火,在敞坪一端燃起了引线,先是噬噬地流泻白光,慢慢的这白光便吼啸起来,作出如雷如虎惊人的声音,白光向上空冲去,高至二十丈,下落时便洒散着满天花雨。人人把颈脖缩着,又吓又惊喜。玩灯的兵士,却在火花中绕着圈子,俨然毫不在意的样子。翠翠同他的祖父,也看过这样的热闹,留下一个热闹的印象,但这印象不知为什么原因,总不如那个端午所经过的事情甜而美。

翠翠为了不能忘记那件事,上年一个端午又同祖父到城边河街去看了半天船,一切玩得正好时,忽然落了行雨,无人衣衫不被雨湿透。为了避雨,祖孙二人同那只黄狗,走到顺顺吊脚楼上去,挤在一个角隅里。有人扛凳子从身边过去,翠翠认得那人是去年打了火把送她回家的人,就告给祖父:

"爷爷,那个人去年送我回家,他拿了火把走路时,真像个山上的喽罗①!"

祖父当时不作声,等到那人回头又走过面前时,就闪不知一把抓住那个人,笑嘻嘻说:

"嗨嗨,你这个喽罗!要你到我家喝一杯也不成,还怕酒里有毒,把你这

---

① 指的是土匪或强盗的部众。

个真命天子毒死！"

那人一看是守渡船的，且看到了翠翠，就笑了。"翠翠，你大长了！二老说你在河边大鱼会吃你，我们这里河中的鱼，现在可吞不下你了。"

翠翠一句话不说，只是抿起嘴唇笑着。

这一次虽在这喽罗长年①口中听到个"二老"名字，却不曾见及这个人。从祖父与那长年谈话里，翠翠听明白了二老是在下游六百里外沅水中部青浪滩过端午的。但这次不见二老，却认识了大老，且见着了那个一地出名的顺顺。大老把河中的鸭子提回家里后，因为守渡船的老家伙称赞了那只肥鸭两次，顺顺就要大老把鸭子给翠翠。且知道祖孙二人所过的日子十分拮据，节日里自己不能包粽子，又送了许多尖角粽子。

那水上名人同祖父谈话时，翠翠虽装作眺望河中景致，耳朵却把每一句话听得清清楚楚。那人向祖父说翠翠长得很美，问过翠翠年纪，又问有不有了人家。祖父则很快乐地夸奖了翠翠不少，且似乎不许别人来关心翠翠的婚事，故一到这件事便闭口不谈。

回家时，祖父抱了那只白鸭子同别的东西，翠翠打火把引路。两人沿城墙走去，一面是城，一面是水。祖父说："顺顺真是个好人，大方得很。大老也很好。这一家人都好！"翠翠说："一家人都好，你认识他们一家人吗？"祖父不明白这句话的意思所在，因为今天太高兴一点，便笑着说："翠翠，假若大老要你做媳妇，请人来做媒，你答应不答应？"翠翠就说："爷爷，你疯了！再说我就生你的气！"

祖父话虽不说了，心中却很显然地还转着这些可笑的不好的念头。翠翠着了恼，把火炬向路两旁乱晃着，向前快快地走去了。

"翠翠，莫闹，我摔到河里去，鸭子会走脱的！"

"谁也不稀罕那只鸭子！"

祖父明白翠翠为什么事不高兴，便唱起摇橹人驶船下滩时催橹的歌声，声音虽然哑沙沙的，字眼儿却稳稳当当毫不含糊。翠翠一面听着一面向前走去，忽然停住了发问：

"爷爷，你的船是不是正在下青浪滩呢？"

祖父不说什么，还是唱着。两人都记起顺顺家二老的船正在青浪滩过

---

① 方言中指长年雇工。

节,但谁也不明白另外一个人的记忆所止处。祖孙二人便沉默的一直走还家中。到了渡口,那另外一个代理看船的,正把船泊在岸边等候他们。几人渡过溪到了家中,剥粽子吃,到后那人要进城去,翠翠赶即为那人点上火把,让他有火把照路。人过了小溪上小山时,翠翠同祖父在船上望着,翠翠说:

"爷爷,看喽罗上山了啊!"

祖父把手攀引着横缆,注目溪面升起的薄雾,仿佛看到了另外一种什么东西,轻轻地吁了一口气。祖父静静地拉船过对岸家边时,要翠翠先上岸去,自己却守在船边,因为过节,明白一定有乡下人上城里看龙船,还得乘黑赶回家去。

<h2 style="text-align:center">六</h2>

白日里,老船夫正在渡船上同个卖皮纸的过渡人有所争持。一个不能接受所给的钱,一个却非把钱送给老人不可。正似乎因为那个过渡人送钱气派有些强横,使老船夫受了点压迫,这撑渡船人就俨然生气似的,迫着那人把钱收回,使这人不得不把钱捏在手里。但到船拢岸时,那人跳上了码头,一手铜钱向船舱里一撒,却笑眯眯地匆匆忙忙走了。老船夫手还得拉着船让别人上岸,无法去追赶那个人,就喊小山头的孙女:

"翠翠,翠翠,为我拉着那个卖皮纸的小伙子,不许他走!"

翠翠不知道是怎么回事,当真便同黄狗去拦那第一个下船人。那人笑着说:

"请不要拦我!"

"不成,你不能走!"

正说着,第二个商人赶来了,就告给翠翠是什么事情。翠翠明白了,更紧拉着卖纸人衣服不放,只说:"不许走!不许走!"黄狗为了表示同主人的意见一致,也便在翠翠身边汪汪汪地吠着。其余商人都笑着,一时不能走路。祖父气吁吁地赶来了,把钱强迫塞到那人手心里,并且搭了一大束草烟到那商人担子上去,搓着两手笑着说:"走呀!你们上路走!"那些人于是全笑着走了。

翠翠说:"爷爷,我还以为那人偷你东西同你打架!"

祖父就说:

"嗨,他送我好些钱。我才不要这些钱!告他不要钱,他还同我吵,不讲道理!"

翠翠说:"全还给他了吗?"

祖父抿着嘴把头摇摇,闭上一只眼睛,装成狡猾得意神气笑着,把扎在腰带上留下的那枚单铜子取出,送给翠翠。且说:

"礼轻仁义重,我留下一个。他得了我们那把烟叶,可以吃到镇筸城!"

远处鼓声又蓬蓬地响起来了,黄狗张着两个耳朵听着。翠翠问祖父,听不听到什么声音。祖父一注意,知道是什么声音了,便说:

"翠翠,端午又来了。你记不记得去年天保大老送你那只肥鸭子?早上大老同一群人上川东去,过渡时还问你。你一定忘记那次落的行雨。我们这次若去,又得打火把回家;你记不记得我们两人用火把照路回家?"

翠翠还正想起两年前的端午一切事情哪。但祖父一问,翠翠却微带点儿恼着的神气,把头摇摇,故意说:"我记不得,我记不得,我全记不得!"其实她那意思就是"你这个人!我怎么记不得?!"

祖父明白那话里意思,又说:"前年还更有趣,你一个人在河边等我,差点儿不知道回来,天夜了,我还以为大鱼会吃掉你!"

提起旧事,翠翠嗤地笑了。

"爷爷,你还以为大鱼会吃掉我?是别人家说我,我告给你的!你那天只是恨不得让城中的那个爷爷把装酒的葫芦吃掉!你这种人,好记性!"

"我人老了,记性也坏透了。翠翠,现在你人长大了,一个人一定敢上城看船,不怕鱼吃掉你了。"

"人大了就应当守船呢。"

"人老了才应当守船。"

"人老了应当歇憩!"

"你爷爷还可以打老虎,人不老!"祖父说着,于是,把手膀子弯曲起来,努力使筋肉在局束中显得又有力又年青,且说:"翠翠,你不信,你咬。"

翠翠睨着腰背微驼白发满头的祖父,不说什么话。远处有吹唢呐的声音,她知道那是什么事情,且知道唢呐方向,要祖父同她下了船,把船拉过家中那边岸旁去。为了想早早地看到那迎婚送亲的喜轿,翠翠还爬到屋后塔下去眺望。过不久,那一伙人来了,两个吹唢呐的,四个强壮乡下汉子,一顶空花轿,一个穿新衣的团总儿子模样的青年,另外还有两只羊,一个牵羊的孩子,一坛酒,一盒糍粑,一个担礼物的人。一伙人上了渡船后,翠翠同祖父也上了渡船,祖父拉船,翠翠却傍花轿站定,去欣赏每一个人的脸色与花轿上的流苏。拢岸后,团总儿子模样的人,从扣花抱肚里掏出了一个小红纸包封,递给老船夫。这是规矩,祖父再不能说不接收了。但得了钱祖父却说话了,问那个人,新娘是什么地方人;明白了,又问姓什么;明白了,又问多大年纪,一起弄明白了。吹唢呐的一上岸后又把唢呐呜呜喇喇吹起来,一行人便翻山走了。祖父同翠翠留在船上,感情仿佛皆追着那唢呐声音走去,走了很远的路方回到自己身边来。

祖父掂着那红纸包封的分量说:"翠翠,宋家堡子里新嫁娘年纪还只十五岁。"

翠翠明白祖父这句话的意思所在,不作理会,静静地把船拉动起来。

到了家边,翠翠跑回家去取小小竹子做的双管唢呐,请祖父坐在船头吹《娘送女》曲子给她听,她却同黄狗躺到门前大岩石上荫处看天上的云。白日渐长,不知什么时节,守在船头的祖父睡着了,躺在岸上的翠翠同黄狗也睡着了。

七

到了端午。祖父同翠翠在三天前业已预先约好,祖父守船,翠翠同黄狗过顺顺吊脚楼去看热闹。翠翠先不答应,后来答应了。但过了一天,翠翠又翻悔回来,以为要看两人去看,要守船两人守船。祖父明白那个意思,是翠翠玩心与爱心相战争的结果。为了祖父的牵绊,应当玩的也无法去玩,这不成!祖父含笑说:"翠翠,你这是为什么?说定了的又翻悔,同茶峒人平素品德不相称。我们应当说一是一,不许三心二意。我记性并不坏到这样子,把你答应了我的即刻忘掉!"祖父虽那么说,很显然的事,祖父对于翠翠的打算是同意的。但人太乖巧,祖父有点愀然不乐了。见祖父不再说话,翠翠就说:"我走了,谁陪你?"

祖父说:"你走了,船陪我。"

翠翠把一对眉毛皱拢去苦笑着,"船陪你。嗨,嗨,船陪你。爷爷,你真是,只有这只宝贝船!"

祖父心想:"你总有一天会要走的。"但不敢提这件事。祖父一时无话可说,于是走过屋后塔下小圃里去看葱,翠翠跟了过去。

"爷爷,我决定不去,要去让船去,我替船陪你!"

"好,翠翠,你不去我去,我还得戴了朵红花,装老太婆去见识面!"

两人为这句话笑了许久。

祖父理葱,翠翠却摘了一根大葱吹着。有人隔溪喊过渡,翠翠不让祖父占先,便忙着跑下溪边,跳上了渡船,援着横溪缆子拉船过溪去接人。一面拉船一面喊祖父:

"爷爷,你唱,你唱!"

祖父不唱,却只站在高岩上望翠翠,把手摇着,一句话不说。

祖父有点心事。

翠翠一天比一天大了,无意中提到什么时,会红脸了。时间在成长她,似乎正催促她,使她在另外一件事情上负点儿责。她欢喜看扑粉满脸的新嫁娘,欢喜说到关于新嫁娘的故事,欢喜把野花戴到头上去,还欢喜听人唱歌。茶峒人的歌声,缠绵处她已领略得出。她有时仿佛孤独了一点,爱坐在岩石上去,向天空一片云一颗星凝眸。祖父若问:"翠翠,你在想什么?"她便带着点儿害羞情绪,轻轻地说:"翠翠不想什么"。但在心里却同时又自问:"翠翠,你想什么?"同时自己也就在心里答着:"我想的很远,很多。可是我不知想些什么。"她的确在想,又的确连自己也不知在想些什么。这女孩子身体既发育得很完全,在本身上因年龄自然而来的一件"奇事",到月就来,也使她多了些思索。

祖父明白这类事情对于一个女子的影响,祖父心情也变了些。祖父是一个在自然里活了七十年的人,但在人事上的自然现象,就有了些不能安排处。因为翠翠的长成,使祖父记起了些旧事,从掩埋在一大堆时间里的故事中,重新找回了些东西。

翠翠的母亲,某一时节原同翠翠一个样子。眉毛长,眼睛大,皮肤红红的。也乖得使人怜爱 —— 也懂在一些小处,使家中长辈快乐。也仿佛永远不会同家中这一个分开。但一点不幸来了,她认识了那个兵。这些事从老船夫说来谁也无罪过,只应由"天"去负责。翠翠的祖父口中不怨天,心却不能完全同意这种不幸的安排。到底还像年轻人,说是放下了,也正是不能放下的莫可奈何容忍到的一件事情!

并且那时还有个翠翠。如今假若翠翠又同妈妈一样,老船夫的年龄,还能把小雏儿再抚育下去吗？人愿意神却不同意！人太老了，应当休息了，凡是一个良善的乡下人，一生中活下来所应得到的劳苦与不幸，全得到了。假若另外高处真有一个上帝，这上帝且有一双巧手支配一切，很明显的事，十分公道的办法，是应把祖父先收回去，再来让那个年青的在新的生活上得到应分接受那一分的。

可是祖父并不那么想。他为翠翠担心，有时便躺到门外岩石上，对着星子想他的心事。他以为死是应当快到了的，正因为翠翠人已长大了，证明自己也真正老了。可是无论如何，得让翠翠有个着落。翠翠既是她那可怜母亲交把他的，翠翠大了，他也得把翠翠交给一个人，他的事才算完结！交给谁？必须什么样的方不委屈她？

前几天顺顺家天保大老过溪时，同祖父谈话，这心直口快的青年人，第一句话就说：

"老伯伯，你翠翠长得真标致，再过两年，若我有闲空能留在茶峒照料事情，不必像老鸦到处飞，我一定每夜到这溪边来为翠翠唱歌。"

祖父用微笑奖励这种自白。一面把船拉动，一面把那双饱经风日的小眼睛瞅着大老。

于是大老又说：

"翠翠太娇了，我担心她只宜于听点茶峒人的歌声，不能作茶峒女子做媳妇的一切正经事。我要个能听我唱歌的情人，却更不能缺少个照料家务的媳妇。''又要马儿不吃草，又要马儿走得好'，唉，这两句话恰是古人为我说的！"

祖父慢条斯理把船掉了头，让船尾傍岸，就说：

"大老，也有这种事儿！你瞧着吧。"

那青年走去后，祖父温习着那些出于一个男子口中的真话，实在又愁又喜。翠翠若应当交把一个人，这个人是不是适宜于照料翠翠？当真交把了他，翠翠是不是愿意？

八

初五大清早落了点毛毛雨，上游且涨了点"龙船水"，河水全变作豆绿色。祖父上城买办过节的东西，戴了个粽粑叶"斗篷"，携带了一个篮子，一个装酒的大葫芦,肩头上挂了个褡裢,内中放了一吊六百制钱,就走了。因为是节日,这一天从小村小寨带了铜钱担了货物上城去办货调货的极多,这些人起身也极早,故祖父走后,黄狗就伴同翠翠守船。翠翠头上戴了一个崭新的斗篷,把过渡人一趟一趟地送来送去。黄狗坐在船头,每当船拢岸时必先跳上岸边去衔绳头,引起每个过渡人的兴味。有些过渡乡下人也携了狗上城,照例如俗话说的,"狗离不得屋",一离了自己的家,即或傍着主人,也变得非常老实了。到过渡时,翠翠的狗必走过去嗅嗅,从翠翠方面讨取了一个眼色,似乎明白翠翠的意思,就不敢有什么特别举动。直到上岸后,把拉绳子的事情做完,眼见到那只陌生的狗上小山去了,也必跟着追去。或者向狗主人轻轻吠着,或者逐着那陌生的狗,必得翠翠带点儿嗔恼地嚷着:"狗,狗,你狂什么?还有事情做,你就跑呀!"于是这黄狗赶快跑回船上来,依然满船闻嗅不已。翠翠说:"这算什么轻狂举动!跟谁学得的!还不好好蹲到那边去!"狗俨然极其懂事,便即刻到它自己原来地方去,只间或又像想起什么心事似的,轻轻地吠几声。

雨落个不止,溪面一起烟。翠翠在船上无事可做时,便算着老船夫的行程。她知道他这一去应到什么地方碰到什么人,谈些什么话,这一天城门边应当是些什么情形,河街上应当是些什么情形,"心中一本册",她完全如同亲眼见到的那么明明白白。她又知道祖父的脾气,一见城中相熟粮子上人物,不管是马夫火夫,总会把过节时应有的颂祝说出。这边说:"副爷,你过节吃饱喝饱!"那一个便也将说:"划船的,你吃饱喝饱!"这边若说着如上的话,那边人说,"有什么可以吃饱喝饱?四两肉,两碗酒,既不会饱也不会醉!"那么,祖父必很诚实邀请这熟人过碧溪岨喝个够量。倘若有人当时就想喝一口祖父葫芦中的酒,这老船夫也从不吝啬,必很快地就把葫芦递过去。酒喝过了,那兵营中人卷舌子舔着嘴唇,称赞酒好,于是又必被勒迫着喝第二口。酒在这种情形下少起来了,就又跑到原来铺上去,加满为止。翠翠且知道祖父还会到码头上去同刚拢岸一天两天的上水船水手谈谈话,问问下河的米价盐价,有时且弯着腰钻进那带有海带鱿鱼味,以及其他油味、醋味、柴烟味的船舱里去,水手们从小坛中抓出一把红枣,递给老船夫,过一阵,等到祖父回家被翠翠埋怨时,这红枣便成为祖父与翠翠和解的工具。祖父一到河街上,且一定有许多铺子上商人送他粽子与其他东西,作为对这个忠于职守的划船人一点敬意,祖父虽笑嚷着"我带了那么一大堆,回去会把老骨头压断"，可是不管如何，这些东西多少总得领点情。走到卖肉案桌边去，他想买肉，人家却照例不愿接钱，屠户若不接钱，他却宁可到另外一家去，决不想沾那点便宜。那屠户说："爷爷，你为人那么硬算什么？又不是要你去做犁口耕田！"但不行，他以为这是血钱，不比别的事情，你不收钱他会把钱预先算好，猛地把钱掷到大而长的钱筒里去，攫了肉就走去的。卖肉的明白他那种性情，到他称肉时总选取最好的一处，且把分量故意加多，他见及时却将说："喂喂，大老板，我不要你那些好处！腿上的肉是城里人炒鱿鱼肉丝用的肉，莫同我开玩笑！我要夹项肉，我要浓的糯的，我是个划船人，我要拿去炖胡萝卜喝酒的！"得了肉，把钱交过手时，自己先数一次，又嘱咐屠户再数，屠户却照例不理会他，把一手钱哗地向长竹筒口丢去，他于是简直是妩媚的微笑着走了。屠户与其他买肉人，见到他这种神气，必笑个不止。……

翠翠还知道祖父必到河街上顺顺家里去。

翠翠温习着两次过节两个日子所见所闻的一切，心中很快乐，好像目前有一个东西，同早间在床上闭了眼睛所看到那种捉摸不定的黄葵花一样，这东西仿佛很明朗的在眼前，却看不准，抓不住，想放又放不下。

翠翠想："白鸡关真出老虎吗？"她不知道为什么忽然想起白鸡关。

于是又想："三十二个人摇六匹橹，一面踩脚一面唱歌，上水走风时张起个大篷，一百幅白布拼成的一片东西，坐在这样大船上过洞庭湖，多可笑……"她不明白洞庭湖有多大，也就从没见过这种大船，更可笑的，还是她自己也不知道为什么却想到这个问题！

一群过渡人来了，有担子，有送公事跑差模样的人物，另外还有母女二人。母亲穿了新浆洗得硬朗的蓝布衣服，女孩子脸上涂着两饼红色，穿了新衣，上城到亲戚家中去拜节看龙船的。等待众人上船稳定后，翠翠一面望着那小女孩，一面把船拉过溪去。那小孩从翠翠估来年纪也将十岁了，神气却很娇，似乎从不曾离开过母亲。脚下穿的是一双尖头新油过的皮钉鞋，上面沾污了些黄泥。裤子是那种泛紫的葱绿布做的。见翠翠尽是望她，她也便看着翠翠，眼睛光光的如同两粒水晶球。那母亲模样的妇人便问翠翠年纪有几岁。翠翠笑着，不高兴答应，却反问小女孩今年几岁。听那母亲说十三岁时，翠翠忍不住笑了。那母女显然是财主人家的妻女，从神气上就可看出的。翠翠注视那女孩，发现了女孩子手上还戴得有一副麻花绞的银手镯，闪着白白的亮光,心中有点儿爱慕。船傍岸后,人陆续上了岸,妇人从身上摸出一把铜子,塞到翠翠手中,就走了。翠翠当时竟忘了祖父的规矩了,也不说道谢,也不把钱退还,只望着这一行人中那个女孩子身后发痴。一行人正将翻过小山时,翠翠忽又忙匆匆的追上去,在山头上把钱还给那妇人。那妇人说:"这是送你的!"翠翠不说什么,只微笑把头尽摇,表示不能接受;且不等妇人来得及说第二句话,就很快的向自己渡船边跑去了。

到了渡船上,溪那边又有人喊过渡,翠翠把船又拉回去。第二次过渡是七个人,又有两个女孩子,也同样因为看龙船特意换了干净衣服,相貌却并不如何美观,因此使翠翠更不能忘记先前那一个。

今天过渡的人特别多,其中女孩子比平时更多,翠翠既在船上拉缆子摆渡,故见到什么好看的,极古怪的,人乖的,眼睛眶子红红的,莫不在记忆中留下个印象。无人过渡时,等着祖父祖父又不来,便尽只反复温习这些女孩子的神气,且轻轻的无所谓的唱着:

"白鸡关出老虎咬人,不咬别人,团总的小姐派第一。……大姐戴副金簪子,二姐戴副银钏子,只有我三妹莫得什么戴,耳朵上长年戴条豆芽菜。"

城中有人下乡的,在河街上一个酒店前面,曾见及那个撑渡船的老头子,把葫芦嘴推让给一个年青水手,请水手喝他新买的白烧酒。翠翠问及时,那城中人就告给她所见到的事情。翠翠笑祖父的慷慨不是时候,不是地方。过渡人走了,翠翠就在船上又轻轻地哼着巫师还愿迎神的歌玩。

那首歌声音既极柔和,快乐中又微带忧郁。隔调末尾说:

> "福禄绵绵是神恩,
> 和风和雨神好心,
> 好酒好饭当前陈,
> 肥猪肥
> ……
> 羊火上烹,
> 洪秀全,李鸿章,
> 你们在生是霸王,
> 杀人放火尽节全忠各有道,
> 今来坐席

……
又何妨!
慢慢吃,慢慢喝,
月白风清好过河。
醉时携手同归去,
我当为你再唱歌!"

唱完了这歌,翠翠觉得有一丝儿凄凉。她想起秋末酬神还愿时田坪中的火燎同鼓角。

远处鼓声已起来了,她知道绘有朱红长线的龙船这时节已下河了,细雨依然落个不止,溪面一片烟。

九

祖父回家时,大约已将近平常吃早饭时节了,肩上手上皆是东西,一上小山头便喊翠翠,要翠翠拉船过小溪来迎接他。翠翠眼看到多少人皆进了城,正在船上急得莫可奈何,听到祖父的声音,神旺了,锐声答着:"爷爷,爷爷,我来了!"老船夫从码头边上了渡船后,把肩上手上的东西搁到船头上,一面帮着翠翠拉船,一面向翠翠笑着,如同一个小孩子,神气充满了谦虚与羞怯,"你急坏了,是不是?"翠翠本应埋怨祖父的,但她却回答说:"爷爷,我知道你在河街上劝人喝酒,好玩得很。"翠翠还知道祖父极高兴到河街上去玩,但如此说来,将更使祖父害羞乱嚷了,故不提出。

翠翠把搁在船头的东西一一估记在眼里,不见了酒葫芦。翠翠嗤的笑了。

"爷爷,你倒大方,副爷同船上人吃酒,连葫芦也让他们吃到肚里去了!"

祖父笑着:

"哪里,哪里,我那葫芦被顺顺大伯扣下了,他见我在河街上请人喝酒,就说:'喂,喂,摆渡的张横,这不成的。你不开糟坊,如何这样子!你要做仁义大哥梁山好汉,把你那个放下来,请我全喝了吧。'他当真那么说,'请我全喝了吧。'我把葫芦放下了。但我猜想他是同我闹着玩的。他家里还少热酒吗?翠翠,你说……"

"爷爷,你以为人家不是真想喝你的酒,便是同你开玩笑吗?"

"那是怎么的?"

"你放心,人家一定因为你请客不是地方,所以扣下你的葫芦,等等就会为你送来的,你还不明白,真是!"

"唉,当真会是这样的!"

说着船已拢了岸,翠翠抢先帮祖父搬东西,但结果却只拿了那尾鱼,那个花裙裤;裙裤中钱已用光了,却有一包白糖,一包小饼子。

两人刚把新买的东西搬运到家中,对溪就有人喊过渡,祖父要翠翠看着肉菜免得被野猫拖去,争着下溪去做事,一会儿,便同那个过渡人笑着嚷着到家中来了。原来这人便是送酒葫芦的。只听到祖父说:"翠翠,你猜对了,人家当真把酒葫芦送来了!"

翠翠来不及向灶边走去,祖父同一个年纪青青的脸黑肩膊宽的人物,便进到屋里了。

翠翠同客人皆笑着,让祖父把话说下去。客人又望着翠翠笑,翠翠仿佛明白为什么被人望着,有点不好意思起来,走到灶边烧火去了。溪边又有人喊过渡,翠翠赶忙跑出门外船上去,把人渡过了溪。恰好又有人过溪。天虽落小雨,过渡人却分外多,一连三次。翠翠在船上一面做事一面想起祖父的趣处。不知怎么的,从城里被人打发来送酒葫芦的,她觉得好像是个熟人。可是眼睛里像是熟人,却不明白在什么地方见过面。但也正像是不肯把这人想到某方面去,方猜不着这来人的身份。

祖父在岩坎上边喊:"翠翠,翠翠,你上来歇歇,陪陪客!"本来无人过渡便想上岸去烧火,但经祖父一喊,反而有意装听不到,不上岸了。

来客问祖父"进不进城看船",老渡船夫就说:"应当看守渡船"。两人又谈了些别的话。到后来客方言归正传:

"伯伯,你翠翠像个大人了,长得很好看!"

撑渡船的笑了。"口气同哥哥一样,倒爽快呢。"这样想着,却那么说:"二老,这地方配受人称赞的只有你,人家都说你好看! '八面山的豹子,地地溪的锦鸡',全是特为颂扬你这个人好处的警句!"

"但是,这很不公平。"

"很公平的! 我听船上人说,你上次押船,船到三门下面白鸡关滩口出了事,从急浪中你援救过三个人。你们在滩上过夜,被村子里女人见着了,人家在你棚子边唱歌一整夜,是不是真有其事?"

"不是女人唱歌一夜,是狼嗥。那地方著名多狼,只想得机会吃我们!"

老船夫笑了,"那更妙!人家说的话还是很对的。狼是只吃姑娘,吃小孩,吃十八岁标致青年的,像我这种老骨头,它不要吃!"

那二老说:"伯伯,你到这里见过两万个日头,别人家全说我们这个地方风水好,出大人,不知为什么原因,如今还不出大人?"

"你是不是说风水好应出有大名头的人?我以为这种人,不生在我们这个小地方,也不碍事。我们有聪明、正直、勇敢、耐劳的年青人,就够了。像你们父子兄弟,为本地方也增光彩!"

"伯伯,你说得好,我也是那么想。地方不出坏人出好人,如伯伯那么样子,人虽老了,还硬朗得同棵楠木树一样,稳稳当当的活到这块地面,又正经,又大方,难得的咧。"

"我是老骨头了,还说什么。日头,雨水,走长路,挑分量沉重的担子,大吃大喝,挨饿受寒,自己分上的都拿过了,不久就会躺到这冰凉土地上喂蛆吃的。这世界有的是你们小伙子分上的一切,应当好好的干,日头不辜负你们,你们也莫辜负日头!"

"伯伯,看你那么勤快,我们年轻人不敢辜负日头!"

说了一阵,二老想走了,老船夫便站到门口去喊叫翠翠,要她到屋里来烧水煮饭,掉换他自己看船。翠翠不肯上岸,客人却已下船了,翠翠把船拉动时,祖父故意装作埋怨神气说:

"翠翠,你不上来,难道要我在家里做媳妇煮饭吗?"

翠翠斜睨了客人一眼,见客人正盯着她,便把脸背过去,抿着嘴儿,不声不响,很自负的拉着那条横缆,船慢慢拉过对岸了。客人站在船头同翠翠说话:

"翠翠,吃了饭,同你爷爷去看划船吧?"

翠翠不好意思不说话,便说:"爷爷说不去,去了无人守这个船!"

"你呢?"

"爷爷不去,我也不去。"

"你也守船吗?"

"我陪我爷爷。"

"我要一个人来替你们守渡船,好不好?"

砰的一下岸船头已撞到岸边土坎上了,船拢了岸。二老向岸上一跃,站在岸上说:

"翠翠,难为你!……我回去就要人来替你们,你们快吃饭,一同到我家里去看船,今天人多咧!"

翠翠不明白这陌生人的好意,不懂得为什么一定要到他家中去看船,抿着小嘴笑笑,就把船拉回去了。到了家中一边溪岸后,只见那人还正在对溪小山上。翠翠回转家中,到灶口边去烧火,一面把带点湿气的草塞进灶里去,一面向正在把客人带回的那一葫芦酒试着的祖父询问:

"爷爷,那人说回去就要人来替你,要我们两人去看船,你去不去?"

"你高兴去吗?"

"两人同去我高兴。那个人很好,我像认得他,他是谁?"

祖父心想:"这倒对了,人家也觉得你好!"祖父笑着说:"翠翠,你不记得你前年在大河边时,有个人说大鱼咬你吗?"

翠翠明白了,却仍然装不明白,问:"他是谁?"

"顺顺船总家的二老,他认识你,你不认识他啊!"他抿了一口酒,像赞美这个酒,又像赞美另一个人,低低地说:"好的,妙的,这是难得的。"

过渡的人在门外坎下叫唤着,老祖父口中还是"好的,妙的……"匆匆下船做事去了。

十

吃饭时隔溪有人喊过渡,翠翠抢着下船,到了那边,方知道原来过渡的人,便是船总顺顺家派来作替手的水手。这人一见翠翠就说道:"二老要你们一吃了饭就去,他已下河了。"见了祖父又说:"二老要你们吃了饭就去,他已下河了。"

张耳听听,便可听出远处鼓声已较密,从鼓声里使人想到那些极狭的船,在长潭中笔直前进时,水面上画着如何美丽的长长的线路!

新来的人茶也不吃,便在船头站妥了,翠翠同祖父吃饭时,邀他喝一杯,只是摇头推辞。祖父说:

"翠翠,我不去,你同小狗去好不好?"

"要不去,我也不想去!"

"我去呢？"

"我本来也不想去，但我愿意陪你去。"

祖父微笑着："翠翠，翠翠，你陪我去，好的，你就陪我去！"

……

祖父同翠翠到城里大河边时，河边早站满了人。细雨已经停止，地面还是湿湿的。祖父要翠翠过河街船总家吊脚楼上去看船，翠翠却以为站在河边较好。两人虽在河边站定，不多久，顺顺便派人把他们请去了。吊脚楼上已有了很多的人。早上过渡时，为翠翠所注意的乡绅妻女，受顺顺家的特别款待，占据了两个最好窗口，一见到翠翠，那女孩子就说："你来，你来！"翠翠带着点儿羞怯走去，坐在他们身后条凳上，祖父便走开了。

祖父并不看龙船竞渡，却为一个熟人杨马兵拉到河上游半里路远近，到一个新碾坊看水碾子去了。老船夫对于水碾子原来就极有兴味的。倚山滨水来一座小小茅屋，屋中有那么一个圆石片子，固定在一个横轴上，斜斜的搁在石槽里。当水闸门抽去时，流水冲激地下的暗轮，上面的石片便飞转起来。作主人的管理这个东西，把毛谷倒进石槽中去，把碾好的米弄出放在屋角隅罗筛子里，再筛去糠灰。地下全是糠灰，自己头上包着块白布帕子，头上肩上也全是糠灰。天气好时就在碾坊前后隙地里种些萝卜、青菜、大蒜、四季葱。水沟坏了，就把裤子脱去，到河里去堆砌石头修理泄水处。管理一个碾坊比管理一只渡船有趣味，一看也就明白了。但一个撑渡船的若想有座碾坊，那是不可能的妄想，凡碾坊照例是属于当地财主的。那熟人把老船夫带到碾坊边时，就告给他这碾坊业主为谁。两人一面各处视察一面说话。

那熟人用脚踢着新碾盘说：

"中寨人自己坐在高山寨子上，却欢喜来到这大河边置产业；这是中寨王团总的，值大钱七百吊！"

老船夫转着那双小眼睛，很羡慕的去看一切，把头点着，且对于碾坊中物件一一加以很得体的批评。后来两人就坐到那还未完工的白木条凳上去，熟人又说到这碾坊的将来，似乎是团总女儿陪嫁的妆奁。那人于是想起了翠翠，且记起过去一时大老托过他的事情来了，便问道：

"伯伯，你翠翠今年十几岁？"

"十四岁。"老船夫说过这句话后，便接着在心中计算过去的年月。

"十四岁多能干！将来谁得她真有福气！"

"有什么福气？又无碾坊陪嫁，一个光人。"

"别说一个光人，一个有用的人，两只手敌得过五座碾坊！洛阳桥也是鲁班两只手造的！"这样那样地说着，表示对老船夫的抗议，说到后来，那人自然笑了。

老船夫也笑了，心想："翠翠有两只手，将来也去造洛阳桥吧，新鲜事喔！"

杨马兵过了一会又说：

"茶峒人年轻男子眼睛光，选媳妇也极在行。伯伯，你若不多我的心时，我就说个笑话给你听。"

老船夫问："是什么笑话。"

那人说："伯伯你若不多心时，这笑话也可以当真话去听咧。"

老船夫心想："原来是要做说客的，想说就说吧。"接着说下去的就是顺顺家大老如何在人家面前赞美翠翠，且如何托他来探听老船夫口气那么一件事。末了同老船夫来转述另一回会话的情形。"我问他：'大老，大老，你是说真话还是说笑话？'他就说：'你为我去探听探听那老的，我欢喜翠翠，想要翠翠，是真话！'我说：'我这人口钝得很，说出了口收不回，万一说错了，老的一巴掌打来呢？'他说：'你怕打，你先当笑话去说，不会挨打的！'所以，伯伯，我就把这件真事情当笑话来同你说了。你试想想，他初九从川东回来见我时，我应当如何回答他？"

老船夫记起前一次大老亲口所说的话，知道大老的意思很真，且知道顺顺也欢喜翠翠，心里很高兴。但这件事照本地规矩，得这个人带封点心亲自到碧溪岨家中去说，方见得慎重其事，老船夫就说："等他来时你说：'老家伙听过了笑话后，自己也说了个笑话，他说，'下棋有下棋规矩，车是车路，马是马路，各有走法。大老若走的是车路，应当由大老爹爹做主，请了媒人来正正经经同我说。若走的是马路，应当自己做主，站在渡口对溪高崖上，为翠翠唱三年六个月的歌。一切由翠翠自己做主！'"

"伯伯，若唱三年六个月的歌，动得了翠翠的心，我赶明天就自己来唱歌了。"

"你以为翠翠肯了，我还会不肯吗？"

"不咧，人家以为这件事你老人家肯了，翠翠便无有不肯呢。"

"不能那么说,这是她的事呵!"

"便是她的事,可是必须老的做主,人家也仍然以为在日头月光下唱三年六个月的歌,还不如得伯伯说一句话好!"

"那么,我说,我们就这样办,等他从川东回来时,要他同顺顺去说明白。我呢,我也先问问翠翠;若以为听了三年六个月的歌,再跟那唱歌人走去有意思些,我就请你劝大老走他那弯弯曲曲的马路。"

"那好的。见了他,我就说:'大老,笑话吗,我已说过了,没有挨打。真话呢,看你自己的命运去了。'当真看他的命运去了,不过我明白他的命运,还是在你老人家手上捏着紧紧的。"

"老兄弟,不是那么说!我若捏得定这件事,我马上就答应了你。"

这里两人把话说完后,就过另一处看一只顺顺新近买来的三舱船去了。河街上顺顺吊脚楼方面,却发生了如下事情。

翠翠虽被那乡绅女儿喊到身边去坐,地位非常之好,从窗口望出去,河中一切朗然在望,然而心中可不安宁。挤在其他几个窗口看热闹的人,似乎皆常常把眼光从河中景物挪到这边几个人身上来。还有些人故意装成有别的事情样子,从楼这边走过那一边,事实上却全为的是好仔细看看翠翠这方面几个人。翠翠心中老不自在,只想借故跑去。一会儿河下的炮声响了,几只从对河取齐的船只,直向这方面划来。先是四条船皆相去不远,如四支箭在水面射着,到了一半,已有两只船占先了些,再过一会子,那两只船中间便又有一只超过了并进的船只而前。看看船到了税局门前时,第二次炮声又响,那船便胜利了。这时节胜利的已判明属于河街人所划的一只,各处便响着庆祝的小鞭炮。那船于是沿了河街吊脚楼划去,鼓声蓬蓬作响,河边与吊脚楼各处,都同时呐喊表示快乐的祝贺。翠翠眼见在船头站定、摇动小旗指挥进退、头上包着红布的那个年轻人,便是送酒葫芦到碧溪岨的二老,心中便印着两年前的旧事,"大鱼吃掉你!""吃掉不吃掉,不用你这个人管!""好的,我就不管!""狗,狗,你也看人叫!"想起狗,翠翠才注意到自己身边那只黄狗,已不知跑到什么地方去,便离了座位,在楼上各处找寻她的黄狗,把船头人忘掉了。

她一面在人丛里找寻黄狗,一面听人家正说些什么话。

一个大脸妇人问:"是谁家的人,坐到顺顺家当中窗口前那块好地方?"

一个妇人就说:"是寨子上王乡绅家大姑娘,今天说是自己来看船,其实来看人,同时也让人看! 人家命好,有福分坐那块好地方!"

"看什么人? 被谁看?"

"嗨,你还不明白,王乡绅想同顺顺打亲家呢。"

"那姑娘配什么人? 是大老,还是二老?"

"说是二老呀,等等你们看这岳云,就会上楼来拜他丈母娘的!"

另一个女人便插嘴说:"事弄成了,好得很呢! 人家在大河边有一座崭新碾坊陪嫁,比雇十个长年还得力一些。"

有人问:"二老怎么样? 可乐意?"

又有人就轻轻的可是极肯定的说:"二老已说过了 —— 这不必看。第一件事我就不想作那个碾坊的主人!"

"你听岳云二老亲口说过吗?"

"我听别人说的。还说二老欢喜一个撑渡船的。"

"他又不是傻小二,不要碾坊,要渡船吗?"

"那谁知道。横顺人是'牛肉炒韭菜,各人心里爱',只看各人心里爱什么就吃什么。渡船不会不如碾坊!"

当时各人眼睛对着河里,信口说着这些闲话,却无一个人回头来注意到身后边的翠翠。

翠翠脸发着烧走到另外一处去,又听有两个人提到这件事。且说:"一切早安排好了,只需要二老一句话。"又说:"只看二老今天那么一股劲儿,就可以猜想得出,这劲儿是岸上一个黄花姑娘给他的!"谁是激动二老的黄花姑娘? 听到这个,翠翠心中不免有点儿乱。

翠翠人矮了些,在人背后已望不见河中情形,只听到擂鼓声渐近渐激越,岸上呐喊声自远而近,便知道二老的船恰恰经过楼下。楼上人也大喊着,夹杂叫着二老的名字,乡绅太太那方面,且有人放小百子鞭炮。忽然有人又用另外一种惊讶声音喊着,且同时便见许多人出门向河下走去。翠翠不知出了什么事,心中有点迷乱,正不知走回原来座位边去好,还是依然站在人背后好。只见那边正有人拿了个托盘,装了一大盘粽子同细点心,在请乡绅太太小姐用点心,不好意思再过那边去,便想也挤出大门外到河下去看看。从河街一个盐店旁边甬道下河时,正在一排吊脚楼的梁柱间,迎面碰头一群人,拥着那个头包红布的二老来了。原来二老因失足落水,已从水中爬起来了。路太窄了一些,翠翠虽闪过一旁,与迎面来的人仍然得肘子触着肘子。

二老一见翠翠就说：

"翠翠，你来了，爷爷也来了吗？"

翠翠脸还发着烧不便作声，心想："黄狗跑到什么地方去了呢？"

二老又说：

"怎不到我家楼上去看呢？我已要人替你弄了个好位子。"

翠翠心想："碾坊陪嫁，稀奇事情咧。"

二老不能逼迫翠翠回去，到后便各自走开了。翠翠到河下时，小小心腔中充满了一种说不分明的东西。是烦恼吧，不是！是忧愁吧，不是！是快乐吧，不，有什么事情使这个女孩子快乐呢？是生气了吧，——是的，她当真仿佛觉得自己是在生一个人的气，又像是在生自己的气。河边人太多了，码头边浅水中，船桅船篷上，以至于吊脚楼的柱子上，无不挤满了人。翠翠自言自语说："人那么多，有什么三脚猫好看？"先还以为可以在什么船上发现她的祖父，但各处搜寻了一阵，却无祖父的影子。她挤到水边去，一眼便看到了自己家中那条黄狗，同顺顺家一个长年，正在去岸数丈一只空船上看热闹。翠翠锐声叫喊了两声，黄狗张着耳叶昂头四面一望，便猛地扑下水中，向翠翠方面泅来了。到了身边时狗身上已全是水，把水抖着且跳跃不已，翠翠便说："得了，狗，装什么疯。你又不翻船，谁要你落水呢？"

翠翠同黄狗各处找祖父，在河街上一个木行前恰好遇着了祖父。

老船夫说："翠翠，我看了个好碾坊，碾盘是新的，水车是新的，屋上稻草也是新的！水坝管着一缕水，急溜溜的，抽水闸板时水车转得如陀螺。"

翠翠带着点做作问："是什么人的？"

"是什么人的？住在山上的员外王团总的。我听人说是那中寨人为女儿做嫁妆的东西，好不阔气，包工就是七百吊大制钱，还不管风车，不管家什！"

"是什么人讨那个人家的女儿？"

祖父望着翠翠干笑着："翠翠，大鱼咬你，大鱼咬你。"

翠翠因为对于这件事心中有了个数目，便仍然装着全不明白，只询问祖父，"爷爷，什么人得到那个碾坊？"

"岳云二老！"祖父说了，又自言自语地说，"有人羡慕二老得到碾坊，也有人羡慕碾坊得到二老！"

"谁羡慕呢，爷爷？"

"我羡慕。"祖父说着便又笑了。

翠翠说:"爷爷,你喝醉了。"

"可是二老还称赞你长得美呢。"

翠翠说:"爷爷,你醉疯了。"

祖父说:"爷爷不醉不疯……去,我们到河边看他们放鸭子去。可惜我老了,不能下水里去捉只鸭子回家焖紫姜吃。"他还想说,"二老捉得鸭子,一定又会送给我们的。"话不及说,二老来了,站在翠翠面前微笑着。翠翠也不由不抿着嘴微笑着。

于是三个人回到吊脚楼上去。

十一

有人带了礼物到碧溪岨,掌水码头的顺顺,当真请了媒人为儿子向撑渡船的攀亲戚来了。老船夫看见杨马兵手中提了红纸封的点心,慌慌张张把这个人渡过溪口,一同到家里去。翠翠正在屋门前剥豌豆,来了客并不如何注意。但一听到客人进门说"贺喜贺喜",心中有事,不敢再待在屋门边,就装作追赶菜园地的鸡,拿了竹响篙"刷刷"地摇着,一面口中轻轻喝着,向屋后白塔跑去了。

来人说了些闲话,言归正传转述到顺顺的意见时,老船夫不知如何回答,只是很惊惶地搓着两只茧结的大手,好像这不会真有其事,而且神气中只像在说:"那好的,那好的。"其实这老头子却不曾说过一句话。

来人把话说完后,就问作祖父的意见怎么样。老船夫笑着把头点着说:"大老想走车路,这个很好。可是我得问问翠翠,看她自己主张怎么样。"来人被打发走后,祖父在船头叫翠翠下河边来说话。

翠翠拿了一簸箕豌豆下到溪边,上了船,娇娇地问他的祖父:"爷爷,你有什么事?"祖父笑着不说什么,只偏着个白发盈颠的头看着翠翠,看了许久。翠翠坐到船头,有点不好意思,低下头去剥豌豆,耳中听着远处竹篁里的黄鸟叫。翠翠想:"日子长咧,爷爷话也长了。"翠翠心轻轻地跳着。

过了一会祖父说:"翠翠,翠翠,先前来的那个杨伯伯来做什么,你知道不知道?"

翠翠说:"我不知道。"说后脸同颈脖全红了。

　　祖父看看那种情景,明白翠翠的心事了,便把眼睛向远处望去,在空雾里望见了十六年前翠翠的母亲,老船夫心中异常柔和了,轻轻地自言自语说:"每一只船总要有个码头,每一只雀儿得有个窠。"他同时想起那个可怜的母亲过去的事情,心中有了一点隐痛,却勉强笑着。

　　翠翠呢,正从山中黄鸟、杜鹃叫声里,以及山谷中伐竹人一下一下砍伐竹子声音里,想到许多事情。老虎咬人的故事,与人对骂时四句头的山歌,造纸作坊中的方坑,铁工厂熔铁炉里泄出的铁汁……耳朵听来的,眼睛看到的,她似乎都要去温习温习。她所以这样作,又似乎全只为了希望忘掉眼前的一桩事而起。但她实在有点误会了。

　　祖父说:"翠翠,船总顺顺家里请人来做媒,想讨你作媳妇,问我愿不愿。我呢,人老了,再过三年两载会过去的,我没有不愿的事情。这是你自己的事,你自己想想,自己来说。愿意,就成了;不愿意,也好。"

　　翠翠不知如何处理这个崭新问题,装作从容,怯怯地望着老祖父。又不便问什么,当然也不好回答。

　　祖父又说:"大老是个有出息的人,为人又正直,又慷慨,你嫁了他,算是命好!"

　　翠翠弄明白了,人来做媒的是大老! 不曾把头抬起,心忡忡地跳着,脸烧得厉害,仍然剥她的豌豆,且随手把空豆荚抛到水中去,望着它们在流水中从从容容地流去,自己也俨然从容了许多。

　　见翠翠总不作声,祖父于是笑了,且说:"翠翠,想几天不碍事。洛阳桥不是一个晚上造得好的,要日子咧。前次那个人来,就向我说到这件事,我已经告过他:车是车路,马是马路,各有规矩。想爸爸做主,请媒人正正经经来说是车路;要自己做主,站到对溪高崖竹林里为你唱三年六个月的歌是马路,—— 你若欢喜走马路,我相信人家会为你在日头下唱热情的歌,在月光下唱温柔的歌,像只杜鹃一样一直唱到吐血喉咙烂!"

　　翠翠不作声,心中只想哭,可是也无理由可哭。祖父再说下去,便引到死去了的母亲来了。老人说了一阵,沉默了。翠翠悄悄把头摆过一些,见祖父眼中业已酿了一汪眼泪。翠翠又惊又怕,怯生生地说:"爷爷,你怎么的?"祖父不做声,用大手掌擦着眼睛,小孩子似的咕咕笑着,跳上岸跑回家中去了。

　　翠翠心中乱乱的,想赶去却不赶去。

雨后放晴的天气，日头炙到人肩上背上，已有了点儿力量。溪边芦苇水杨柳，菜园中菜蔬，莫不繁荣滋茂，带着一分有野性的生气。草丛里绿色蚱蜢各处飞着，翅膀搏动空气时窸窸作声。枝头新蝉声音虽不成腔，却已渐渐洪大。两山深翠逼人的竹篁中，有黄鸟与竹雀、杜鹃交递叫。翠翠感觉着，望着，听着，同时也思索着：

"爷爷今年七十岁……三年六个月的歌——谁送那只白鸭子呢？……得碾子的好运气，碾子得谁更是好运气……"

痴着，忽地站起，半簸箕豌豆便倾倒到水中去了。伸手把那簸箕从水中捞起时，隔溪有人喊过渡。

十二

翠翠第二天在白塔下菜园地里，第二次被祖父询问到自己主张时，仍然心儿憧憧的跳着，把头低下不作理会，只顾用手去掏葱。祖父笑着，心想："还是等等看，再说下去这一畦葱会全掏掉了。"同时似乎又觉得这其间有点古怪，不好再说下去，便自己按捺住言语，用一个做作的笑话，把问题引到另外一件事情上去了。

天气渐渐地越来越热了。近六月时，天气热了些，老船夫把一个满是灰尘的黑缸子从屋角隅里搬出，自己还匀出闲工夫，拼了几方木板，作成一个圆盖，锯木头作成一个架子，且削刮了个大竹筒，用葛藤系定，放在缸边作为舀茶的家具。自从这茶缸移到屋门溪边后，每早上翠翠就烧一大锅开水，倒进那缸子里去。有时缸里加些茶叶，有时却只放下一些用火烧焦的锅巴，趁那东西还燃着时便抛进缸里去。老船夫且照例准备了些发痧肚痛，治疱疮痒子的草根木皮，把这些药搁在家中当眼处，一见过渡人神气不对，就忙匆匆的把药取来，善意地勒迫这过路人使用他的药方，且告人这许多救急丹方的来源（这些丹方自然全是他从城中军医同巫师学来的）。他终日裸着两只膀子，在溪头方头船上站定，头上还常常是光光的，一头短短白发，在日光下如银子。翠翠依然是个快乐人，屋前屋后跑着唱着，不走动时就坐在门前高崖树荫下吹小竹管儿玩。爷爷仿佛把大老提婚的事早已忘掉，翠翠自然也似乎忘掉这件事情了。

可是那做媒的不久又来探口气了，依然同从前一样，祖父把事情成否全推到翠翠身上去，打发了媒人上路。回头又同翠翠谈了一次，也依然不得结果。

老船夫猜不透这事情在这什么方面有个疙瘩，解除不去，夜里躺在床上便常常陷入一种沉思里去，隐隐约约体会到一件事情，便是……翠翠爱二老不爱大老。想到了这里时，他笑了，为了害怕而勉强笑了。其实他有点忧愁，因为他忽然觉得翠翠一切全像那个母亲，而且隐隐约约便感觉到这母女二人共通的命运。一堆过去的事情蜂拥而来，不能再睡下去了，一个人便跑出门外，到那临溪高崖上去，望天上的星辰，听河边纺织娘以及一切虫类如雨的声音，许久许久还不睡觉。

这件事翠翠毫不注意的，这小女孩子日里尽管玩着，工作着，也同时为一些很神秘的东西驰骋她那颗心，但一到夜里，却甜甜地睡眠了。

不过一切皆得在一份时间中变化。这一家安静平凡的生活，也因了一堆接连而来的日子，在人事上把那安静空气完全打破了。

船总顺顺家中一方面，天保大老的事已被二老知道了，傩送二老同时也让他哥哥知道了弟弟的心事。这一对难兄难弟原来同时爱上了那个撑渡船的外孙女。这事情在本地人说来也并不稀奇，边地俗话说："火是各处可烧的，水是各处可流的，日月是各处可照的，爱情是各处可到的。"有钱船总儿子，爱上一个弄渡船的穷人家女儿，不能成为稀罕的新闻。有一点困难处，只是这两兄弟到了谁应取得这个女人作媳妇时，是不是也还得照茶峒人规矩，来一次流血的挣扎？

兄弟两人在这方面是不至于动刀的，但也不作兴有"情人奉让"，如大都市懦怯男子爱与仇对面时作出的可笑行为。

那哥哥同弟弟在河上游一个造船的地方，看他家中那一只新船，在新船旁把一切心事全告给了弟弟，且附带说明，这点念头还是两年前植下根基的。弟弟微笑着，把话听下去。两人从造船处沿了河岸又走到王乡绅新碾坊去，那大哥就说：

"二老，你运气倒好，有座碾坊；我应当划渡船了。我欢喜这个事情，我还想把碧溪岨两个山头买过来，在界线上种大楠竹，围着这一条小溪作为我的砦子！"

那二老仍然默默的听着，把手中拿的一把弯月形镰刀随意斫削路旁的草木，到了碾坊时，却站住了向他哥哥说：

"大老,你信不信这女子心上早已有了个人?"

"我不信。"

"大老,你信不信这碾坊将来归我?"

"我不信。"

两人于是进了碾坊。

二老又说:"你不必 —— 大老,我再问你,假若我不想得这座碾坊,却打量要那只渡船,而且这念头也是两年前的事,你信不信呢?"

那大哥听来真着了一惊,望了一下坐在碾盘横轴上的傩送二老,知道二老不是说谎,于是站近了一点,伸手在二老肩上拍打了一下,且想把二老拉下来。他明白了这件事,他笑了。他说,"我相信的,你说的全是真话!"

二老把眼睛望着他的哥哥,很诚实地说:

"大老,相信我,这是真事。我早就那么打算到了。家中不答应,那边若答应了,我当真预备去弄渡船的! —— 你告我,你呢?"

"爸爸已听了我的话,为我要城里的杨马兵做保山,向划渡船说亲去了!"大老说到这个求亲手续时,好像知道二老要笑他,又解释要保山去的用意,只是"因为老的说车有车路,马有马路,我就走了车路"。

"结果呢?"

"得不到什么结果。老的口上含李子,说不明白。"

"马路呢?"

"马路呢,那老的说若走马路,我得在碧溪岨对溪高崖上唱三年六个月的歌。把翠翠心子唱软,翠翠就归我了。"

"这并不是个坏主张!"

"是呀,一个结巴人话说不出还唱得出。可是这件事轮不到我了。我不是竹雀,不会唱歌。鬼知道那老的存心是要把孙女儿嫁个会唱歌的水车,还是预备规规矩矩嫁个人!"

"那你打算怎么样?"

"我想告那老的,要他说句实在话。只一句话。不成,我跟船下桃源去了;成呢,便是要我撑渡船,我也答应了他。"

"唱歌呢?"

"二老,这是你的拿手好戏,你要去做竹雀,你就赶快去吧,我不会捡马粪塞你嘴巴的。"

　　二老看到哥哥那种样子，便知道为这件事哥哥感到的是一种如何烦恼了。他明白他哥哥的性情，代表了茶峒人粗卤爽直一面，弄得好，掏出心子来给人也很慷慨作去，弄不好，亲舅舅也必一是一，二是二。大老何尝不想在车路上失败时走马路；但他一听到二老的坦白陈述后，他就知道马路只二老有份，自己的事不能提了。因此他有点气恼，有点愤慨，自然是无从掩饰的。

　　二老想出了个主意，就是两兄弟月夜里同到碧溪岨去唱歌，莫让人知道是弟兄两个，两人轮流唱下去，谁得到回答，谁便继续用那张唱歌胜利的嘴唇，服侍那划渡船的外孙女。大老不善于唱歌，轮到大老时也仍然由二老代替。两人凭命运来决定自己的幸福，这么办可说是极公平了。提议时，那大老还以为他自己不会唱，也不想请二老替他作竹雀。但二老那种诗人性格，却使他很固执的要哥哥实行这个办法。二老说必须这样做，一切方公平一点。

　　大老把弟弟提议想想，作了一个苦笑。"×娘的，自己不是竹雀，还请老弟做竹雀？好，就是这样子，我们各人轮流唱，我也不要你帮忙，一切我自己来吧。树林子里的猫头鹰，声音不动听，要老婆时，也仍然是自己叫下去，不请人帮忙的！"

　　两人把事情说妥当后，算算日子，今天十四，明天十五，后天十六，接连而来的三个日子，正是有大月亮天气。气候既到了仲夏，半夜里不冷不热，穿了白家机布汗褂，到那些月光照及的高崖上去，遵照当地的习惯，很诚实与坦白去为一个"初生之犊"的黄花女唱歌。露水降了，歌声涩了，到应当回家了时，就趁残月赶回家去。或过那些熟识的整夜工作不息的碾坊里去，躺到温暖的谷仓里小睡，等候天明。一切安排皆极其自然，结果是什么，两人虽不明白，但也看得极其自然，两人便决定了从当夜起始，来作这种为当地习惯所认可的竞争。

十三

　　黄昏来时，翠翠坐在家中屋后白塔下，看天空为夕阳烘成桃花色的薄云。十四中寨逢场，城中生意人过中寨收买山货的很多，过渡人也特别多，祖父在溪中渡船上忙个不息。天快夜了，别的雀子似乎都休息了，只杜鹃叫个不息。石头泥土为白日晒了一整天,草木为白日晒了一整天,到这时节皆放散出一种热气。空气中有泥土气味,有草木气味,还有各种甲虫类气味。翠翠看着天上的红云,听着渡口飘来下乡生意人的杂乱声音,心中有些儿薄薄的凄凉。

黄昏照样的温柔,美丽,平静。但一个人若体念或追究到这个当前一切时,也就照样的在这黄昏中会有点儿薄薄的凄凉。于是,这日子成为痛苦的东西了。翠翠在成熟中的生命,觉得好像缺少了什么。好像眼见到这个日子过去了,想在一件新的人事上攀住它,但不成。好像生活太平凡了,忍受不住。

"我要坐船下桃源县过洞庭湖,让爷爷满城打锣去叫我,点了灯笼火把去找我。"

她便同祖父故意生气似的,很放肆的去想到这样一件事情,且想象她出走后,祖父用各种方法寻觅她都无结果,到后如何躺在渡船上。

"人家喊,'过渡,过渡,老伯伯,你怎么的,不管事!''怎么的!我家翠翠走了,下桃源县了!''那你怎么办?''怎么办吗?拿了把刀,放在包袱里,搭下水船去杀了她!'"

翠翠仿佛当真听着这种对话,吓怕起来了,一面锐声喊着她的祖父,一面从坎上跑向溪边渡口去。见到了祖父正把船拉在溪中心,船上人喁喁说着话,小小心子还依然跳跃不已。

"爷爷,爷爷,你把船拉回来呀!"

那老船夫不明白她的意思,还以为是翠翠要为他代劳了,就说:

"翠翠,等一等,我就回来!"

"你不拉回来了吗?"

"我就回来!"

翠翠坐在溪边,望着溪面为暮色所笼罩的一切,且望到那只渡船上一群过渡人,其中有个吸旱烟的打着火镰吸烟,把烟杆在船边剥剥地敲着烟灰,就忽然哭起来了。

祖父把船拉回来时,见翠翠痴痴地坐在岸边,问她是什么事,翠翠不作声。祖父要她去烧火煮饭,想了一会儿,觉得自己哭得可笑,一个人便回到屋中去。坐在黑黝黝的灶边把火烧燃后,她又走到门外高崖上去,喊叫她的祖父,要他回家里来。在职务上毫不儿戏的老船夫,因为明白过渡人是要赶回城中吃晚饭,人来一个就渡一个,不便要人站在那岸边呆等,故不上岸来。只站在船头告翠翠,且让他做点事,把人渡完事后,就会回家里来吃饭。

翠翠第二次请求祖父,祖父不理会,她坐在悬崖上,很觉得悲伤。

天夜了,有一匹大萤火虫尾上闪着蓝光,很迅速地从翠翠身旁飞过去,翠翠想,"看你飞得多远!"便把眼睛随着那萤火虫的明光追去。杜鹃又叫了。

"爷爷,为什么不上来? 我要你!"

在船上的祖父听到这种带着娇、有点儿埋怨的声音,一面粗声粗气地答道:"翠翠,我就来,我就来!"一面心中却自言自语:"翠翠,爷爷不在了,你将怎么样?"

老船夫回到家中时,见家中还黑黝黝的,只灶间有火光,见翠翠坐在灶边矮条凳上,用手蒙着眼睛。

走过去才晓得翠翠已哭了许久。祖父一个下半天来,都弯着个腰在船上拉来拉去,歇歇时手也酸了,腰也酸了,照规矩,一到家里就会嗅到锅中所焖瓜菜的味道,且可见到翠翠安排晚饭在灯光下跑来跑去的影子。今天情形竟不同了一点。

祖父说:"翠翠,我来慢了,你就哭,这还成吗? 我死了呢?"

翠翠不作声。

祖父又说:"不许哭,做一个大人,不管有什么事都不许哭。要硬扎一点,结实一点,才配活到这块土地上!"

翠翠把手从眼睛边移开,靠近了祖父身边去,"我不哭了。"

两人吃饭时,祖父为翠翠述说一些有趣味的故事。因此提到了死去了的翠翠的母亲。两人在豆油灯下把饭吃过后,老船夫因为工作疲倦,喝了半碗白酒,饭后兴致极好,又同翠翠到门外高崖上月光下去说故事。说了些那个可怜母亲的乖巧处,同时且说到那可怜母亲性格强硬处,使翠翠听来神往倾心。

翠翠抱膝坐在月光下,傍着祖父身边,问了许多关于那个可怜母亲的故事。间或呼一口气,似乎心中压上了些分量沉重的东西,想挪移得远一点,才吁着这种气,可是却无从把那东西挪开。

月光如银子,无处不可照及,山上篁竹在月光下变成一片黑色。身边草丛中虫声繁密如落雨。间或不知道从什么地方,忽然会有一只草莺"嗻嗻嗻嗫嘘"哧着它的喉咙,不久之间,这小鸟儿又好像明白这是半夜,不应当那么吵闹,便仍然闭着那小小眼儿安睡了。

祖父夜来兴致很好,为翠翠把故事说下去,就提到了本城人二十年前唱歌的风气,如何驰名于川黔边地。翠翠的父亲,便是当地唱歌的第一手,能用各种比喻解释爱与憎的结子,这些事也说到了。翠翠母亲如何爱唱歌,且如何同父亲在未认识以前在白日里对歌,一个在半山上竹篁里砍竹子,一个在溪面渡船上拉船,这些事也说到了。

翠翠问:"后来怎么样?"

祖父说:"后来的事当然长得很,最重要的事情,就是这种歌唱出了你。"

十四

老船夫做事累了,睡了,翠翠哭倦了,也睡了。翠翠不能忘记祖父所说的事情,梦中灵魂为一种美妙歌声浮起来了,仿佛轻轻的各处飘着,上了白塔,下了菜园,到了船上,又复飞蹿到对山悬崖半腰 —— 去作什么呢?摘虎耳草!白日里拉船时,她仰头望着崖上那些肥大虎耳草已极熟习。

一切皆像是祖父说的故事,翠翠只迷迷糊糊地躺在粗麻布帐子里草荐上,以为这梦做得顶美顶甜。祖父却在床上醒着,张起个耳朵听对溪高崖上的人唱了半夜的歌。他知道那是谁唱的,他知道是河街上天保大老走马路的第一着,因此又忧愁又快乐地听下去。翠翠因为日里哭倦了,睡得正好,他就不去惊动她。

第二天天一亮,翠翠就同祖父起身了,用溪水洗了脸,把早上说梦的忌讳去掉了,翠翠赶忙同祖父去说昨晚上所梦的事情。

"爷爷,你说唱歌,我昨天就在梦里听到一种顶好听的歌声,又软又缠绵,我像跟了这声音各处飞,飞到对溪悬崖半腰,摘了一大把虎耳草,得到了虎耳草,我可不知道把这个东西交给谁去了。我睡得真好,梦的真有趣!"

祖父温和悲悯地笑着,并不告给翠翠昨晚上的事实。

祖父心里想:"做梦一辈子更好,还有人在梦里作宰相中状元咧。"

昨晚上唱歌的,老船夫还以为是天保大老,日来便要翠翠守船,借故到城里去送药,探听情况。在河街见到了大老,就一把拉住那小伙子,很快乐地说:

"大老,你这个人,又走车路又走马路,是怎样一个狡猾东西!"

但老船夫却做错了一件事情,把昨晚唱歌人"张冠李戴"了。这两弟兄昨晚上同时到碧溪岨去,为了作哥哥的走车路占了先,无论如何也不肯先开腔唱歌,一定得让那弟弟先唱。弟弟一开口,哥哥却因为明知不是敌手,更不能开口了。翠翠同她祖父晚上听到的歌声,便全是那个傩送二老所唱的。大老伴弟弟回家时,就决定了同茶峒地方离开,驾家中那只新油船下驶,好忘却了上面的一切。这时正想下河去看新船装货。老船夫见他神情冷冷的,不明白他的意思,就用眉眼做了一个可笑的记号,表示他明白大老的冷淡是装成的,表示他有好消息可以奉告。他拍了大老一下,翘起一个大拇指,轻轻地说:

"你唱得很好,别人在梦里听着你那个歌,为那个歌带得很远,走了不少的路!你是第一号,是我们地方唱歌的第一号。"

大老望着弄渡船的老船夫涎皮的老脸,轻轻地说:

"算了吧,你把宝贝孙女儿送给了会唱歌的竹雀吧。"

这句话使老船夫完全弄不明白他的意思。大老从一个吊脚楼甬道走下河去了,老船夫也跟着下去。到了河边,见那只新船正在装货,许多油篓子搁在河岸边。一个水手正在用茅草扎成长束,备作船舷上挡浪用的茅把,还有人坐在河边石头上,用脂油擦抹桨板。老船夫问那个坐在大太阳下扎茅把的水手,这船什么日子下行,谁押船。那水手把手指着大老。老船夫搓着手说:

"大老,听我说句正经话,你那件事走车路,不对;走马路,你有份的!"

那大老把手指着窗口说:"伯伯,你看那边,你要竹雀做孙女婿,竹雀在那里啊!"

老船夫抬头望见二老,正在窗口整理一个渔网。

回碧溪岨到渡船上时,翠翠问:

"爷爷,你同谁吵了架,面色那样难看!"

祖父莞尔而笑,他到城里的事情,不告给翠翠一个字。

十五

大老坐了那只新油船向下河走去了,留下傩送二老在家。老船夫方面还以为上次歌声既归二老唱的,在此后几个日子里,自然还会听到那种歌声。一到了晚间就故意从别样事情上,促翠翠注意夜晚的歌声。两人吃完饭坐在屋里,因屋前滨水,长脚蚊子一到黄昏就嗡嗡地叫着,翠翠便把蒿艾束成的烟包点燃,向屋中角隅各处晃着驱逐蚊子。晃了一阵,估计全屋子里已为蒿艾烟气熏透了,方把烟包搁到床前地上去,再坐在小板凳上来听祖父说话。从一些故事上慢慢地谈到了唱歌,祖父话说得很妙。祖父到后发问道:

"翠翠,梦里的歌可以使你爬上高崖去摘那虎耳草,若当真有谁来在对溪高崖上为你唱歌,你预备怎么样?"祖父把话当笑话说着的。

翠翠便也当笑话答道:"有人唱歌我就听下去,他唱多久我也听多久!"

"唱三年六个月呢?"

"唱得好听,我听三年六个月。"

"这不大公平吧。"

"怎么不公平?为我唱歌的人,不是极愿意我长远听他唱歌吗?"

"照理说:炒菜要人吃,唱歌要人听。可是人家为你唱,是要你懂他歌里的意思!"

"爷爷,懂歌里什么意思?"

"自然是他那颗想同你要好的真心!不懂那点心事,不是同听竹雀唱歌一样了吗?"

"我懂了他的心又怎么样?"

祖父用拳头把自己腿重重地捶着,且笑着:"翠翠,你人乖,爷爷笨得很,话说得不温柔,莫生气。我信口开河,说个笑话给你听。你应当当笑话听。河街天保大老走车路,请保山来提亲,我告给过你这件事了,你那神气不愿意,是不是?可是,假若那个人还有个兄弟,想走马路,为你来唱歌,向你求婚,你将怎么说?"

翠翠吃了一惊,低下头去。因为她不明白这笑话有几分真,又不清楚这笑话是谁诌的。

祖父说:"你试告我,愿意哪一个?"

翠翠便勉强笑着,轻轻的带点儿恳求的神气说:

"爷爷,莫说这个笑话吧。"翠翠站起身了。

"我说的若是真话呢?"

"爷爷你真是个……"翠翠说着走出去了。

祖父说:"我说的是笑话,你生我的气吗?"

翠翠不敢生祖父的气,走近门限边时,就把话引到另外一件事情上去:"爷爷,看天上的月亮,那么大!"说着,出了屋外,便在那一派清光的露天中站定。站了一忽儿,祖父也从屋中出到外边来了。翠翠于是坐到那白日里为强烈阳光晒热的岩石上去,石头正散发日间所储的余热。祖父就说:"翠翠,莫坐热石头,免得生坐板疮。"但自己用手摸摸后,自己便也坐到那岩石上了。

月光极其柔和,溪面浮着一层薄薄白雾,这时节对溪若有人唱歌,隔溪应和,实在太美丽了。翠翠还记着先前祖父说的笑话。耳朵又不聋,祖父的话说得极分明,一个兄弟走马路,唱歌来打发这样的晚上,算是怎么回事?她似乎为了等着这样的歌声,沉默了许久。

她在月光下坐了一阵,心里却当真愿意听一个人来唱歌。久之,对溪除了一片草虫的清音复奏以外别无所有。翠翠走回家里去,在房门边摸着了那个芦管,拿出来在月光下自己吹着。觉吹得不好,又递给祖父要祖父吹。老船夫把那个芦管竖在嘴边,吹了个长长的曲子,翠翠的心被吹柔软了。

翠翠依傍祖父坐着,问祖父:

"爷爷,谁是第一个做这个小管子的人?"

"一定是个最快乐的人,因为他分给人的也是许多快乐;可又像是个最不快乐的人作的,因为他同时也可以引起人不快乐!"

"爷爷,你不快乐了吗? 生我的气了吗?"

"我不生你的气。你在我身边,我很快乐。"

"我万一跑了呢?"

"你不会离开爷爷的。"

"万一有这种事,爷爷你怎么样?"

"万一有这种事,我就驾了这只渡船去找你。"

翠翠嗤地笑了。"凤滩、茨滩不为凶,下面还有绕鸡笼;绕鸡笼也容易下,青浪滩浪如屋大。爷爷,你渡船也能下凤滩、茨滩、青浪滩吗? 那些地方的水,你不说过全是像疯子,毫不讲道理吗?"

祖父说:"翠翠,我到那时可真像疯子,还怕大水大浪?"

翠翠俨然极认真地想了一下,就说:"爷爷,我一定不走。可是,你会不会走? 你会不会被一个人抓到别处去?"

祖父不作声了,他想到被死亡抓走那一类事情。

老船夫打量着自己被死亡抓走以后的情形,痴痴地看望天南角上一颗星子,心想:"七月八月天上方有流星,人也会在七月八月死去吧?"又想起白日在河街上同大老谈话的经过,想其中寨人陪嫁的那座碾坊,想起二老,想起一大堆事情,心中不免有点儿乱。

翠翠忽然说:"爷爷,你唱个歌给我听听,好不好?"

祖父唱了十个歌,翠翠傍在祖父身边,闭着眼睛听下去,等到祖父不作声时,翠翠自言自语说:"我又摘了一把虎耳草了。"

祖父所唱的歌便是那晚上听来的歌。

十六

二老有机会唱歌,却从此不再到碧溪岨唱歌。十五过去了,十六也过去了,到了二十六,老船夫实在忍不住了,进城往河街去找寻那个年轻小伙子,到城门边正预备入河街时,就遇着上次为大老作保山的杨马兵,正牵了一匹骡马预备出城,一见老船夫,就拉住了他:

"伯伯,我正有事情告你,碰巧你就来城里!"

"什么事?"

"天保大老坐下水船到茨滩出了事,闪不知这个人掉到滩下漩水里就淹坏了。早上顺顺家里得到这个信,听说二老一早就赶去了。"

这个不吉消息同有力巴掌一样,重重地捆了老船夫那么一下,他不相信这是当真的消息。他故作从容地说:

"天保大老淹坏了吗?从不闻有水鸭子被水淹坏的!"

"可是那只水鸭子仍然有那么一次被淹坏了……我赞成你的卓见,不让那小子走车路十分顺手。"

从马兵言语上,老船夫还十分怀疑这个新闻,但从马兵神气上注意,老船夫却看清楚这是个真的消息了。他惨惨地说:

"我有什么卓见可言?这是天意!一切都有天意……"老船夫说时心中充满了感情。

特为证明那马兵所说的话有多少可靠处,老船夫同马兵分手后,于是匆匆赶到河街上去。到了顺顺家门前,正有人烧纸钱,许多人围在一处说话。参加进去听听,所说的便是杨马兵提到的那件事。但一到有人发现了身后的老船夫时,大家便把话语转了方向,故意来谈下河油价涨落情形了。老船夫心中很不安,正想找一个比较要好的水手谈谈。

一会船总顺顺从外面回来了,样子沉沉的,这豪爽正直的中年人,正似乎为不幸打倒,努力想挣扎爬起的神气,一见到老船夫就说:

"老伯伯,我们谈的那件事情吹了吧。天保大老已经坏了,你知道了吧?"

老船夫两只眼睛红红的,把手搓着:"怎么的,这是真事! 这不会是真事! 是昨天,是前天?"

另一个像是赶路同来报信的,插嘴说道:"十六中上,船搁到石包子上,船头进了水,大老想把篙撇着,人就弹到水中去了。"

老船夫说:"你眼见他下水吗?"

"我还与他同时下水!"

"他说什么?"

"什么都来不及说! 这几天来他都不说话!"

老船夫把头摇摇,向顺顺那么怯怯地溜了一眼。船总顺顺像知道他心中不安处,就说:"伯伯,一切是天,算了吧。我这里有大兴场人送来的好烧酒,你拿一点去喝吧。"一个伙计用竹筒上了一筒酒,用新桐木叶蒙着筒口,交给了老船夫。

老船夫把酒拿走,到了河街后,低头向河码头走去,到河边天保大老前天上船处去看看。杨马兵还在那里放马到沙地上打滚,自己坐在柳树荫下乘凉。老船夫就走过去请马兵试试那大兴场的烧酒。两人喝了点酒后,兴致似乎好些了,老船夫就告给杨马兵,十四夜里二老两兄弟过碧溪岨唱歌那件事情。

那马兵听到后便说:

"伯伯,你是不是以为翠翠愿意二老,应该派归二老……"

话没说完,傩送二老却从河街下来了。这年轻人正像要远行的样子,一见了老船夫就回头走去。杨马兵就喊他说:

"二老,二老,你来,我有话同你说呀!"

二老站定了,很不高兴神气,问马兵有什么话说。马兵望望老船夫,就向二老说:"你来,有话说!"

"什么话?"

"我听人说你已经走了 —— 你过来我同你说,我不会吃掉你! 你什么时候走?"

那黑脸宽肩膊、样子虎虎有生气的傩送二老,勉强似的笑着,到了柳荫下时,老船夫想把空气缓和下来,指着河上游远处那座新碾坊说:"二老,听人说那碾坊将来是归你的! 归了你,派我来守碾子,行不行?"

二老仿佛听不惯这个询问的用意,便不做声。杨马兵看风头有点儿僵,便说:"二老,你怎么的,预备下去吗?"那年轻人把头点点,不再说什么,就走开了。

老船夫讨了个没趣,很懊恼地赶回碧溪岨去,到了渡船上时,就装作把事情看得极随便似的,告给翠翠。

"翠翠,今天城里出了件新鲜事情,天保大老驾油船下辰州,运气不好,掉到茨滩淹坏了。"

翠翠因为听不懂,对于这个报告最先好像全不在意。祖父又说:

"翠翠,这是真事。上次来到这里做保山的那个杨马兵,还说我早不答应亲事,极有见识!"

翠翠瞥了祖父一眼,见他眼睛红红的,知道他喝了酒,且有了点事情不高兴,心中想:"谁撩你生气?"船到家边时,祖父不自然的笑着向家中走去。翠翠守船,半天不闻祖父声息,赶回家去看看,见祖父正坐在门槛上编草鞋耳子。

翠翠见祖父神气极不对,就蹲到他身前去。

"爷爷,你怎么啦?"

"天保当真死了! 二老生了我们的气,以为他家中出这件事情,是我们分派的!"

有人在溪边大声喊渡船过渡,祖父匆匆出去了。翠翠坐在那屋角隅稻草上,心中极乱,等等还不见祖父回来,就哭起来了。

十七

祖父似乎生谁的气,脸上笑容减少了,对于翠翠方面也不大注意了。翠翠像知道祖父已不很疼她，但又像不明白它的真正原因。但这并不是很久的事，日子一过去，也就好了。两人仍然划船过日子，一切依旧，惟对于生活，却仿佛什么地方有了个看不见的缺口，始终无法填补起来。祖父过河街去仍然可以得到船总顺顺的款待，但很明显的事，那船总却并不忘掉死去者死亡的原因。二老出北河下辰州走了六百里，沿河找寻那个可怜哥哥的尸骸，毫无结果，在各处税关上贴下招字，返回茶峒来了。过不久，他又过川东去办货，过渡时见到老船夫。老船夫看看那小伙子，好像已完全忘掉了从前的事情，就同他说话。

"二老，大六月日头毒人，你又上川东去，不怕辛苦？"

"要饭吃，头上是火也得上路！"

"要吃饭！二老家还少饭吃！"

"有饭吃，爹爹说年轻人也不应该在家中白吃不做事！"

"你爹爹好吗？"

"吃得做得，有什么不好。"

"你哥哥坏了，我看你爹爹为这件事情也好像萎悴多了！"

二老听到这句话，不作声了，眼睛望着老船夫屋后那个白塔。他似乎想起了过去那个晚上，那件旧事，心中十分惆怅。

老船夫怯怯地望了年轻人一眼，一个微笑在脸上漾开。

"二老，我家里翠翠说，五月里有天晚上，做了个梦……"说时他又望望二老，见二老并不惊讶，也不厌烦，于是又接着说，"她梦得古怪，说在梦中被一个人的歌声浮起来，上对溪悬岩摘了一把虎耳草！"

二老把头偏过一旁去作了一个苦笑，心中想到"老头子倒会做作"。这点意思在那个苦笑上，仿佛同样泄露出来，仍然被老船夫看到了，老船夫显得有点慌张，就说："二老，你不相信吗？"

那年轻人说："我怎么不相信？因为我做傻子在那边岩上唱过一晚的歌！"

老船夫被一句料想不到的老实话窘住了，口中结结巴巴地说："这是真的……这是假的……"

"怎么不是真的？天保大老的死，难道不是真的！"

"可是，可是……"

老船夫的做作处，原意只是想把事情弄明白一点，但一起始自己叙述这段事情时,方法上就有了错处,因此反被二老误会了。他这时正想把那夜的情形好好说出来,船已到了岸边。二老一跃上了岸,就想走去。老船夫在船上显得有点更加忙乱的样子说:

"二老,二老,你等等,我有话同你说,你先前不是说到那个 —— 你做傻子的事情吗? 你并不傻,别人才当真叫你那歌弄成傻相!"

那年轻人虽站定了,口中却轻轻地说:"得了,够了,不要说了。"

老船夫说:"二老,我听说你不要碾子要渡船,这是杨马兵说的,不是真的打算吧?"

那年轻人说:"要渡船又怎样?"

老船夫看看二老的神气,心中忽然高兴起来了,就情不自禁地高声叫着翠翠,要她下溪边来。可是事不凑巧,不知翠翠是故意不从屋里出来,还是到别处去了,许久还不见到翠翠的影子,也不闻这个女孩子的声音。二老等了一会,看看老船夫那副神气,一句话不说,便微笑着,大踏步同一个挑担粉条、白糖货物的脚夫走去了。

过了碧溪岨小山,两人应沿着一条曲曲折折的竹林走去,那个脚夫这时节开了口:

"傩送二老,我看那弄渡船的神气,很欢喜你!"

二老不做声。那人就又说道:

"二老,他问你要碾坊还是要渡船,你当真预备做他的孙女婿,接替他那只渡船吗?"

二老笑了。那人又说:

"二老,若这件事派给我,我要那座碾坊。一座碾坊的出息,每天可收七升米,三斗糠。"

二老说:"我回来时和我爹爹去说,为你向中寨人做媒,让你得到那座碾坊吧。至于我呢,我想弄渡船是很好的。只是老的为人弯弯曲曲,不索利,大老是他弄死的。"

老船夫见二老那么走去了,翠翠还不出来,心中很不快乐。走回家去看看,原来翠翠并不在家。过一会,翠翠提了个篮子从小山后回来了,方知道大清早翠翠已出门掘竹鞭笋去了。

"翠翠,我喊了你好久,你不听到!"

"做什么喊我?"

"一个人过渡……一个熟人,我们谈起你……我喊你,你可不答应!"

"是谁?"

"你猜,翠翠。不是陌生人……你认识他!"

翠翠想起适间从竹林里无意中听来的话,脸红了,半天不说话。

老船夫问:"翠翠,你得了多少鞭笋?"

翠翠把竹篮向地下一倒,除了十来根小小鞭笋外,只是一大把虎耳草。

老船夫望了翠翠一眼,翠翠两颊绯红,跑了。

十八

日子平平地过了一个月,一切人心上的病痛,似乎皆在那份长长的白日下医治好了。天气特别热,各人只忙着流汗,用凉水淘江米酒吃,不用什么心事,心事在人生活中,也就留不住了。翠翠每天皆到白塔下背太阳的一面去午睡,高处既极凉快,两山竹篁里叫得使人发松的竹雀和其他鸟类又如此之多,致使她在睡梦里尽为山鸟歌声所浮着,做的梦也便常是顶荒唐的梦。

这并不是人的罪过。诗人们在一件小事上写出整本整部的诗,雕刻家在一块石头上雕得出骨血如生的人像,画家一撇儿绿,一撇儿红,一撇儿灰,画得出一幅一幅带有魔力的彩画,谁不是为了惦着一个微笑的影子,或是一个皱眉的记号,方弄出那么些古怪成绩?翠翠不能用文字,不能用石头,不能用颜色把那点心头上的爱憎移到别一件东西上去,却只让她的心,在一切顶荒唐事情上驰骋。她从这份稳秘里,常常得到又惊又喜的兴奋。一点儿不可知的未来,摇撼她的情感极厉害,她无从完全把那种痴处不让祖父知道。

祖父呢,可以说一切都知道了的。但事实上他又却是个一无所知的人。他明白翠翠不讨厌那个二老,却不明白那小伙子二老近来怎么样。他从船总处与二老处,快马、已碰过了钉子,但他并不灰心。

"要安排得对一点,方合道理,一切有个命!"他那么想着,就更显得好事多磨起来了。睁着眼睛时,他做的梦比那个外孙女翠翠便更荒唐更寥阔。

他向各个过渡本地人打听二老父子的生活,关切他们如同自己家中人一样。但也古怪,因此他却怕见到那个船总同二老了。一见他们他就不知说些什么,只是老脾气把两只手搓来搓去,从容处完全失去了。二老父子方面皆明白他的意思,但那个死去的人,却用一个凄凉的印象,镶嵌到父子心中,两人便对于老船夫的意思,俨然全不明白似的,一同把日子打发下去。

明明白白夜来并不做梦,早晨同翠翠说话时,那作祖父的会说:

"翠翠,翠翠,我昨晚上做了个好不怕人的梦!"

翠翠问:"什么怕人的梦?"

就装作思索梦境似的,一面细看翠翠小脸长眉毛,一面说出他另一时张着眼睛所做的好梦。不消说,那些梦原来都并不是当真怎样使人吓怕的。

一切河流皆得归海,话起始说得纵极远,到头来总仍然是归到使翠翠低头红脸那件事情上去。待到翠翠显得不大高兴,神气上露出受了点小窘时,这老船夫又才像有了一点儿吓怕,忙着解释,用闲话来遮掩自己所说到那问题的原意。

"翠翠,我不是那么说,我不是那么说。爷爷老了,糊涂了,笑话多咧。"

但有时翠翠却静静地把祖父那些笑话、糊涂话听下去,一直听到后来还抿着嘴儿微笑。

翠翠也会忽然说道:

"爷爷,你真是有一点儿糊涂!"

祖父听过了不再作声,他将说,"我有一大堆心事",但来不及说,就被过渡人喊走了。

天气热了,过渡人从远处走来,肩上挑得是七十斤担子,到了溪边,贪凉快不即走路,必蹲在岩石下茶缸边喝凉茶,与同伴交换"吹吹棒"烟管,且一面与弄渡船的攀谈。许多天上地下子虚乌有的话皆从此说出口来,给老船夫听到了。过渡人有时还因溪水清洁,就溪边洗脚抹澡的,坐得更久话也就更多。祖父把些话转说给翠翠,翠翠也就学懂了许多事情。货物的价钱涨落呀,坐轿搭船的用费呀,放木筏的人把他那个木筏从滩上流下时,十来把大桡子如何活动呀,在小烟船上吃荤烟,大脚婆娘如何烧烟呀……无一不备。

傩送二老从川东押物回到了茶峒。时间已近黄昏了,溪面很寂静,祖父同翠翠在菜园地里看萝卜秧子。翠翠白日中觉睡久了些,觉得有点寂寞,好像听人嘶声喊过渡，就争先走下溪边去。下坎时，见两个人站在码头边，斜阳影里背身看得极分明，正是傩送二老同他家中的长年！翠翠大吃一惊，同小兽物见到猎人一样，回头便向山竹林里跑掉了。但那两个在溪边的人，听到脚步响时，一转身，也就看明白这件事情了。等了一下再也不见人来，那长年又嘶声音喊叫过渡。

老船夫听得清清楚楚，却仍然蹲在萝卜秧地上数菜，心里觉得好笑。他已见到翠翠走去，他知道必是翠翠看明白了过渡人是谁，故意蹲在那高岩上不理会。翠翠人小不管事，过渡人求她不干，奈何她不得，故只好嘶着个喉咙叫过渡了。那长年叫了几声，见无人来，就同二老说："这是什么玩意儿，难道老的害病弄翻了，只剩下翠翠一个人了吗？"二老说："等等看，不算什么！"就等了一阵。因为这边在静静地等着，园地上老船夫却在心里想："难道是二老吗？"他仿佛担心搅恼了翠翠似的，就仍然蹲着不动。

但再过一阵，溪边又喊起过渡来了，声音不同了一点，这才真是二老的声音。生气了吧？等久了吧？吵嘴了吧？老船夫一面胡乱估着，一面连奔带蹿跑到溪边去。到了溪边，见两个人业已上了船，其中之一正是二老。老船夫惊讶地喊叫：

"呀，二老，你回来了！"

年轻人很不高兴似的，"回来了。——你们这渡船是怎么的，等了半天也不来个人！"

"我以为——"老船夫四处一望，并不见翠翠的影子，只见黄狗从山上竹林里跑来，知道翠翠上山了，便改口说，"我以为你们过了渡。"

"过了渡！不得你上船，谁敢开船？"那长年说着，一只水鸟掠着水面飞去，"翠鸟儿归窠了，我们还得赶回家去吃夜饭！"

"早咧，到河街早咧，"说着，老船夫跳上了船，且在心中一面说着，"你不是想承继这只渡船吗！"一面把船索拉动，船便离岸了。

"二老，路上累得很……"

老船夫说着，二老不置可否、不动感情听下去。船拢了岸，那年轻小伙子同家中长年话也不说，挑担子翻山走了。那点淡漠印象留在老船夫心上，老船夫于是在两个人身后，捏紧拳头威吓了三下，轻轻地吼着，把船拉回去了。

十九

翠翠向竹林里跑去,老船夫半天还不下船,这件事从傩送二老看来,前途显然有点不利。虽老船夫言词之间,无一句话不在说明"这事有边",但那畏畏缩缩的说明,极不得体,二老想起他的哥哥,便把这件事曲解了。他有一点儿愤愤不平,有一点儿气恼。回到家里第三天,中寨有人来探口风,在河街顺顺家中住下,把话问及顺顺,想明白二老的心中是不是还有意接受那座新碾坊,顺顺就转问二老自己意见怎么样。

二老说:"爸爸,你以为这事为你,家中多座碾坊多个人,你可以快活,你就答应了。若果为的是我,我要好好去想一下,过些日子再说它吧。我尚不知道我应当得座碾坊,还是应当得一只渡船:我命里或只许我撑个渡船!"

探口风的人把话记住,回中寨去报命,到碧溪岨过渡时,见到了老船夫,想起二老说的话,不由得不眯眯的笑着。老船夫问明白了他是中寨人,就又问他过上城做些什么事。

那心中有分寸的中寨人说:

"什么事也不做,只是过河街船总顺顺家里坐了一会儿。"

"无事不登三宝殿,坐了一定就有话说!"

"话倒说了几句。"

"说了些什么话?"那人不再说了。老船夫却问道,"听说你们中寨人想把大河边一座碾坊连同家中闺女送给河街上顺顺,这事情有不有了点眉目?"

那中寨人笑了,"事情成就了。我问过顺顺,顺顺很愿意和中寨人结亲家,又问过那小伙子……"

"小伙子意思怎么样?"

"他说:我眼前有座碾坊,有条渡船,我本想要渡船,现在就决定要碾坊吧。渡船是活动的,不如碾坊固定。这小子会打算盘呢。"

中寨人是个米场经纪人,话说得极有斤两,他明知道"渡船"指的是什么意思,但他可并不说穿。他看到老船夫口唇蠕动,想要说话,中寨人便又抢着说道:

"一切皆是命,半点不由人。可怜顺顺家那个大老,相貌一表堂堂,会淹死在水里！"

老船夫被这句话在心上扎实的戳了一下，把想问的话咽住了。中寨人上岸走去后，老船夫闷闷地立在船头，痴了许久。又把二老日前过渡时落漠神气温习一番，心中大不快乐。

翠翠在塔下玩得极高兴，走到溪边高岩上想要祖父唱唱歌，见祖父不理会她，一路埋怨赶下溪边去，到了溪边方见到祖父神气十分沮丧，可不明白为什么原因。翠翠来了，祖父看看翠翠的快活黑脸儿，粗卤的笑笑。对溪有扛货物过渡的，便不说什么，沉默地把船拉过溪，到了中心却大声唱起歌来了。把人渡过了溪，祖父跳上码头走近翠翠身边来，还是那么粗卤的笑着，把手抚着头额。

翠翠说："爷爷怎么的，你发痧了？你躺到荫下去歇歇，我来管船！"

"你来管船，好的，妙的，这只船归你管！"

老船夫似乎当真发了痧，心头发闷，虽当着翠翠还显出硬扎样子，独自走回屋里后，找寻得到一些碎瓷片，在自己臂上腿上扎了几下，放出了些乌血，就躺到床上睡了。

翠翠自己守船，心中却古怪的快乐高兴，心想："爷爷不为我唱歌，我自己会唱！"

她唱了许多歌，老船夫躺在床上闭着眼睛，一句一句听下去，心中极乱。但他知道这不是能够把他打倒的大病，他明天就仍然会爬起来的。他想明天进城，到河街去看看，又想起另外许多旁的事情。

但到了第二天，人虽起了床，头还沉沉的。祖父当真已病了。翠翠显得懂事了些，为祖父煎了一罐大发药，逼着祖父喝，又过屋后菜园地里摘取蒜苗泡在米汤里作酸蒜苗。一面照料船只，一面还时时刻刻抽空赶回家里来看祖父，问这样那样。祖父可不说什么，只是为一个秘密痛苦着。躺了三天，人居然好了。屋前屋后走动了一下，骨头还硬硬的，心中惦念到一件事情，便预备进城过河街去。翠翠看不出祖父有什么要紧事情必须当天进城，请求他莫去。

老船夫把手搓着，估量到是不是应说出那个理由。在面前，翠翠一张黑黑的瓜子脸，一双水汪汪的眼睛，使他吁了一口气。

他说："我有要紧事情，得今天去！"

翠翠苦笑着说："有多大要紧事情，还不是……"

老船夫知道翠翠脾气,听翠翠口气已有点不高兴,不再说要走了,把预备带走的竹筒,同扣花裙裤搁到条几上后,带点儿诮媚笑着说:"不去吧,你担心我会把自己摔死,我就不去吧。我以为早上天气不很热,到城里把事办完了就回来……不去也得,我明天去!"

翠翠轻声地温柔地说:"你明天去也好,你腿还软,好好地躺一天再起来。"

老船夫似乎心中还不甘服,撒着两手走出去,门限边一个打草鞋的棒槌,差点儿把他绊了一大跤。稳住了时,翠翠苦笑着说:"爷爷,你瞧,还不服气!"老船夫拾起那棒槌,向屋角隅摔去,说道:"爷爷老了! 过几天打豹子给你看!"

到了午后,落了一阵行雨,老船夫却同翠翠好好商量,仍然进了城。翠翠不能陪祖父进城,就要黄狗跟去。老船夫在城里被一个熟人拉着谈了许久的盐价、米价,又过守备衙门看了一会厘金局长新买的骡马,方到河街顺顺家里去。到了那里,见顺顺正同三个人围着小桌子打纸牌,不便谈话,就站在身后看了一阵牌。后来顺顺请他喝酒,借口病刚好点不敢喝酒,推辞了。牌既不散场,老船夫又不想即走,顺顺似乎并不明白他等着有何话说,却只注意手中的牌。后来老船夫的神气倒为另外一个人看出了,就问他是不是有什么事情。老船夫方忸忸怩怩照老方子搓着他那两只大手,说别的事没有,只想同船总说两句话。

那船总方明白在身后看牌半天的理由,回头对老船夫笑将起来。

"怎不早说? 你不说,我还以为你在看我牌学张子!"

"没有什么,只是三五句话,我不便扫兴,不敢说出。"

船总把牌向桌上一撒,笑着向后房走去了,老船夫跟在身后。

"什么事?"船总问着,神气似乎先就明白了他来此要说的话,显得略微有点儿怜悯的样子。

"我听一个中寨人说,你预备同中寨团总打亲家,是不是真事?"

船总见老船夫的眼睛盯着他的脸,想得一个满意的回答,就说:"有这事情。"那么答应,意思却是:"有了你怎么样?"

老船夫说:"真的吗?"

那一个又很自然的说:"真的。"意思却依旧包含了:"真的又怎么样?"

老船夫装得很从容地问:"二老呢?"

船总说："二老坐船下桃源好些日子了！"

二老下桃源的事，原来还同他爸爸吵了一阵才走的。船总性情虽异常豪爽，可不愿意间接把第一个儿子弄死的女孩子，又来作第二个儿子的媳妇，这是很明白的事情。若照当地风气，这些事认为只是小孩子的事，大人管不着；二老当真欢喜翠翠，翠翠又爱二老，他也并不反对这种爱怨纠缠的婚姻。但不知怎么的，老船夫对于这件事的关心处，使二老父子对于老船夫反而有了一点误会。船总想起家庭间的近事，以为全与这老而好事的船夫有关。虽不见诸形色，心中却有个疙瘩。

船总不让老船夫再开口了，就语气略粗地说道：

"伯伯，算了吧，我们的口只应当喝酒了，莫再只想替儿女唱歌！你的意思我全明白，你是好意。可是我也求你明白我的意思，我以为我们只应当谈点自己分上的事情，不适宜于想那些年轻人的门路了。"

老船夫被一个闷拳打倒后，还想说两句话，但船总却不让他再有说话机会，把他拉出到牌桌边去。

老船夫无话可说，看看船总时，船总虽还笑着谈到许多笑话，心中却似乎很沉郁，把牌用力掷到桌上去。老船夫不说什么，戴起他那个斗笠，自己走了。

天气还早，老船夫心中很不高兴，又进城去找杨马兵。那马兵正在喝酒，老船夫虽推病，也免不了喝个三五杯。回到碧溪岨，走得热了一点，又用溪水去抹身子。觉得很疲倦，就要翠翠守船，自己回家睡去了。

黄昏时天气十分郁闷，溪面各处飞着红蜻蜓。天上已起了云，热风把两山竹篁吹得声音极大，看样子到晚上必落大雨。翠翠守在渡船上，看着那些溪面飞来飞去的红蜻蜓，心也极乱。看祖父脸上颜色惨惨的，放心不下，便又赶回家中去。先以为祖父一定早睡了，谁知还坐在门限上打草鞋！

"爷爷，你要多少双草鞋穿，床头上不是还有十四双吗？怎么不好好地躺一躺？"

老船夫不作声，却站起身来昂头向天空望着，轻轻地说："翠翠，今晚上要落大雨响大雷的！回头把我们的船系到岩下去，这雨大哩。"

翠翠说："爷爷，我真害怕！"翠翠怕的似乎并不是晚上要来的雷雨。

老船夫似乎也懂得那个意思，就说："怕什么？一切要来的都得来，不必怕！"

二十

夜间果然落了大雨,夹以吓人的雷声。电光从屋脊上掠过时,接着就是訇的一个炸雷。翠翠在暗中抖着。祖父也醒了,知道她害怕,且担心她着凉,还起身来把一条布单搭到她身上去。祖父说:"翠翠,不要怕!"

翠翠说:"我不怕!"说了还想说:"爷爷,你在这里我不怕!"

訇的一个大雷,接着是一种超越雨声而上的洪大闷重倾圮声。两人都以为一定是溪岸悬崖崩塌了,担心到那只渡船会压在崖石下面去了。

祖孙两人便默默地躺在床上听雨声、雷声。

但无论如何大雨,过不久,翠翠却依然睡着了。醒来时天已大亮,雨不知在何时业已止息,只听到溪两岸山沟里注水入溪的声音。翠翠爬起身来,看看祖父还似乎睡得很好,开了门走出去。门前已变成为一个水沟,一股浊流便从塔后哗哗地流来,从前面悬崖直堕而下。并且各处都是那么一种临时的水道。屋旁菜园地已为山水冲乱了,菜秧被掩在粗砂泥里了。再走过前面去看看溪里,才知道溪中也涨了大水,已漫过了码头,水脚快到茶缸边了。下到码头去的那条路,正同一条小河一样,哗哗地泄着黄泥水。过渡的那一条横溪牵定的缆绳,早被水淹了,泊在崖下的渡船,已不见了。

翠翠看看屋前悬崖并不崩坍,故当时还不注意渡船的失去。但再过一阵,她上下搜索不到这东西,无意中回头一看,屋后白塔已不见了,一惊非同小可。赶忙向屋后跑去,才知道白塔业已坍倒,大堆砖石极凌乱的摊在那儿。翠翠吓慌得不知所措,只锐声叫她的祖父。祖父不起身,也不答应,就赶回家里去,到得祖父床边摇了祖父许久,祖父还不作声。原来这个老年人在雷雨将息时已死去了。

翠翠于是大哭起来。

过一阵,有从茶峒过川东跑差事的人,赶早到了溪边,隔溪喊过渡,翠翠正在灶边一面哭着,一面烧水预备为死去的祖父抹澡。

那人以为老船夫一家还不醒,急于过河,喊叫不应,就抛掷小石头过溪,打到屋顶上。翠翠鼻涕眼泪成一片的走出来,跑到溪边高崖前站定。

"喂,不早了! 快快把船划过来!"

"船跑了!"

"你爷爷做什么事情去了呢？他管船，有责任！"

"他管船，管五十年的船，尽过了责任，——他死了啊！"

翠翠一面向隔溪人说着，一面大哭起来。那人知道老船夫死了，得进城去报信，就说：

"真死了吗？不要哭吧，我回城去告他们，要他们弄条船带东西来！"

那人回到茶峒城边时，一见熟人就报告这件新闻，不多久，全茶峒城里外都知道这个消息了。河街上船总顺顺，派人找了一只空船，带了副白木匣子，即刻向碧溪岨撑去。城中杨马兵却同一个老军人，赶到碧溪岨去，砍了几十根大毛竹，用葛藤编作筏子，作为来往过渡的临时渡船。筏子编好后，撑了那个东西，到翠翠家中那一边岸下，留老兵守竹筏来往渡人，自己跑到翠翠家去看那个死者，眼泪湿莹莹的，摸了一会躺在床上硬僵僵的老友，又赶忙着做些应做的事情。到后帮忙的人来了，从大河船上运来的棺木也来了，住在城中的老道士，还带了许多法器，一件旧麻布道袍，并提了一只大公鸡，来尽义务办理念经起水招魂绕棺诸事，也从筏上渡过来了。家中人出出进进，翠翠只坐在灶边矮凳上呜呜地哭着。

到了中午，船总顺顺也来了，还跟着一个人扛了一口袋米，一坛酒，一大腿猪肉。见了翠翠就说：

"翠翠，爷爷死去我知道了，老年人是必须死的。劳苦了一辈子，也应当休息了。你不要发愁，一切有我！"各方面看看，就回去了。

到了下午入了殓，一些帮忙的回家去了，晚上便只剩下了那老道士、杨马兵、箍桶匠秃头陈四四同顺顺家派来的两个年轻长年。黄昏以前老道士用红绿纸剪了一些花朵，用黄泥作了一些烛台。天断黑后，棺木前小桌上点起黄色九品蜡，燃了香，棺木周围也点了小蜡烛，老道士披上那件蓝麻布道袍，开始了丧事中绕棺仪式。老道士在前拿着个小小纸幡引路，孝子第二，马兵殿后，绕着那具寂寞棺木慢慢转着圈子。两个长年则站在灶边空处，不成节奏胡乱地打着锣钹。老道士一面闭了眼睛走去，一面且唱且哼，安慰亡灵。提到关于亡魂所到西方极乐世界花香四季时，老马兵就把木手托盘里的杂色纸花，向棺木上高高撒去，象征西方极乐世界情形。

到了半夜，法事办完了，放过爆竹，蜡烛也快熄灭了，翠翠泪眼婆婆的，赶忙又到灶边去烧火，为帮忙的人办宵夜。吃了宵夜，老道士歪到死人床上睡着了。剩下几个人还得照规矩在棺木前守灵过夜，老马兵为大家唱丧堂歌取乐,用个空的量米木升子,当作小鼓,把手剥剥剥地一面敲着,一面悠悠的唱下去——唱二十四孝中的"王祥卧冰"的事情,"黄香扇枕"的事情。

翠翠哭了一整天,也同时忙了一整天,到这时已倦极,把头靠在棺前眯着了。两长年同马兵吃了宵夜,喝过两杯酒,精神还虎虎的,便轮流把丧堂歌唱下去。但只一会儿,翠翠又醒了,仿佛梦到什么,惊醒后看到棺木,明白祖父已死,于是又幽幽地哭起来。

"翠翠,翠翠,不要哭啦,人死了哭不回来的!"

秃头陈四四接着就说了一个做新嫁娘的人哭泣的笑话,话语中夹杂了三五个粗野字眼儿,因此引起两个年轻长年咕咕的笑了许久。黄狗在屋外吠着,翠翠开了大门,到外面去站了一下,耳听到各处是虫声,天上月色极好,大星子嵌进透蓝天空里,非常沉静温柔。翠翠心想:

"这是真事情吗?爷爷当真死了吗?"

老马兵原来跟在她的后边,因为他知道女孩子心门儿窄,说不定一炉火闷在灰里,痕迹不露,见祖父去了,自己一切皆已无望,跳崖悬梁,想跟着祖父一块儿去,也说不定!于是随时留心监视到翠翠。

老马兵见翠翠痴痴地站着,时间过了许久还不回头,就打着咳声叫翠翠说:

"翠翠,露水落了,不冷么?"

"不冷。"

"天气好得很!"

"呀……"一颗大流星使翠翠轻轻地喊了一声。

接着南方又是一颗流星划空而下。对溪有猫头鹰叫。

"翠翠,"老马兵业已同翠翠并排一块儿站定了,很温和地说,"你进屋里睡去吧,不要胡思乱想!老人是入土为安,不要让他挂牵你!"

翠翠默默地回到祖父棺木前面,坐在地上又呜咽起来。守在屋中两个长年已睡着了。

那一个马兵便幽幽地说道:"不要哭了!不要哭了!你爷爷也难过咧,眼睛哭胀,喉咙哭嘶,有什么好处。听我说,爷爷的心事我全都知道,一切有我。我会把一切安排得好好的,对得起你爷爷。我会安排,什么事都会。我要一个爷爷欢喜、你也欢喜的人来接收这只渡船!不能如我们的意,我老虽老,还能拿镰刀同他们拼命。翠翠,你放心,一切有我!"

　　远处不知什么地方鸡叫了,老道士原是个老童生,辛亥后才改业,在那边床上糊糊涂涂地自言自语:"天子重英豪,文章教尔曹,万般皆下品,惟有读书高……天亮了吗? 早咧!"

二十一

　　大清早,帮忙的人从城里拿了绳索、杠子赶来了。

　　老船夫的白木小棺材,为六个人抬着到那个倾圮了的塔后山岨上去埋葬时,船总顺顺、杨马兵、翠翠、老道士、黄狗、都默默的跟在后面。到了预先掘就的方阱边,老道士照规矩先跳下去,把一点朱砂颗粒同白米安置到阱中四隅及中央,又烧了一点纸钱,爬出阱时就要抬棺木的人动手下窆。翠翠哑着喉咙干号,伏在棺木上不起身。经马兵用力把她拉开,方能移动棺木。一会儿,那棺木便下了阱,调整了方向,拉去了绳子,被新土掩盖了,翠翠还坐在地上呜咽。老道士要赶早回城,去替人做斋,过渡走了。船总事务多,把这方面一切托付给老马兵,也赶回城去了。帮忙皆到溪边去洗了手,家中各人还有各人的事,且知道这家人的情形,不便再叨扰,也不再惊动主人,过渡回家去了。于是碧溪岨便只剩下三个人,一个是翠翠,一个是老马兵,一个是由船总家派来暂时帮忙照料渡船的秃头陈四四。黄狗因被那秃头打过一石头,怀恨在心,对于那秃头仿佛很不高兴,尽是轻轻地吠着,意思好像说:"你来干什么? 这里用不着你这个人!"

　　到了下午,翠翠同老马兵商量,要老马兵回城去,把马托给营里人照料,再回碧溪岨来陪她。老马兵回转碧溪岨时,秃头陈四四被打发回城去了。

　　翠翠仍然自己同黄狗来弄渡船,让老马兵坐在溪岸高崖上玩,或嘶着个老喉咙唱歌给她听。

　　过三天后,船总顺顺来商量接翠翠过家里去住,翠翠却想看守祖父的坟山,不愿即刻进城。只请船总过城里衙门去说句话,许杨马兵暂时同她住住,船总顺顺答应了这件事,送了几斤片糖,就走了。

　　杨马兵是个近六十岁了的人,原本同翠翠的父亲同营当差,说故事的本领比翠翠祖父还高一筹,加之为人特别热忱,做事又勤快又干净,因此同翠翠住下来,使翠翠仿佛去了一个祖父,却新得了一个伯父。过渡时有人问及可怜的祖父,黄昏时想起祖父,皆使翠翠心酸,觉得十分凄凉。但这分凄凉日子过久一点，也就渐渐淡薄些了。两人每日在黄昏中同晚上，坐在门前溪边高崖上，谈点那个躺在湿土里可怜祖父的旧事，有许多是翠翠先前所不知道的，说来便更使翠翠心中柔和。又说到翠翠的父亲，那个又要爱情又惜名誉的军人，在当时按照绿营军勇的装束，穿起绿盘云得胜褂，包青绉绸包头，如何使乡下女孩子动心。又说到翠翠的母亲，年纪轻轻时就如何善于唱歌，而且所唱的那些歌在当时又如何流行。

时候变了，一切也自然不同了，皇帝已被掀下了金銮宝殿，不再坐江山，平常人还消说！杨马兵想起自己年轻作马夫时，牵了马匹到碧溪岨来对翠翠母亲唱歌，翠翠母亲总不理会，到如今自己却成为这孤雏的唯一靠山，唯一信托人，不由得不苦笑。

两人每个黄昏必谈祖父以及这一家有关系的问题。后来便说到了老船夫死前的一切，翠翠因此明白了祖父活时所不提到的许多事。二老的唱歌，顺顺大儿子的死，顺顺父子对于祖父的冷淡，中寨人用碾坊作陪嫁妆奁诱惑傩送二老，二老既记忆着哥哥的死亡，且因得不到翠翠理会，又被逼着接受那座碾坊，意思还在渡船，因此赌气下行。祖父的死因，又如何与翠翠有关……凡是翠翠不明白的事，如今可全明白了。翠翠把事弄明白后，哭了一个夜晚。

过了四七，船总顺顺派人来请马兵进城去，商量把翠翠接到他家中去。马兵以为这件事得问翠翠。回来时，把顺顺的意思向翠翠说过后，又为翠翠出主张，以为名分既不定妥，到一个生人家里去也不大方便，还是不如在碧溪岨暂等，等到二老驾船回来时，再看二老意思，说不定二老要来碧溪岨驾渡船！

办法决定后，老马兵以为二老不久必可回来的，就依然把马匹托营上人照料，在碧溪岨为翠翠做伴，把一个一个日子过下去。

碧溪岨的白塔，人人都认为和茶峒风水大有关系，塔圮坍了，不重新作一个自然不成。除了城中营管、税局，以及各商号、各平民捐了些钱以外，各大寨子也有人拿册子去捐钱。为了这塔的重建并不是给谁一个人的好处，应让每个人来积德造福，让每个人有捐钱的机会，因此在新作的渡船上也放了个两头有节的大竹筒，中部锯了一口，尽过渡人自由把钱投进去，竹筒满了马兵就捎进城中首事人处去，另外又带了个竹筒回来。过渡人一看老船夫不见了，翠翠辫子上扎了白绒，就明白那老的已作完了自己分上的工作,安安静静躺到土坑里去了,必一面用同情的眼色瞧着翠翠,一面摸出钱来塞到竹筒中去。"天保佑你,死了的到西方去,活下的永保平安。"翠翠明白那些捐钱人的怜悯与同情意思,心里软软的,酸酸的,忙把身子背过去拉船。

到了冬天,那个圮坍了的白塔,又重新修好了。那个在月下唱歌,使翠翠在睡梦里为歌声把灵魂轻轻浮起的年轻人,还不曾回到茶峒来。

这个人也许永远不回来了,也许明天回来!

三十四年四月十九日

图书在版编目（CIP）数据

故湘纪行 / 沈从文著. -- 济南 ： 山东美术出版社，
2018.3
部编本初中语文教材指定阅读
ISBN 978-7-5330-6754-0

Ⅰ．①故… Ⅱ．①沈… Ⅲ．①散文集－中国－现代
Ⅳ．①I266

中国版本图书馆CIP 数据核字 (2017) 第298870 号

故湘纪行

GU XIANG JI XING

责任编辑：贾琼
主管单位：山东出版传媒股份有限公司
出版发行：山东美术出版社
　　　　　济南市舜耕路20号（邮编：250014）
　　　　　http://www.sdmspub.com
　　　　　E-mail:sdmscbs@163.com
　　　　　电话:(0531)82098268　　传真:(0531)82066185
　　　　　山东美术出版社发行部
　　　　　济南市舜耕路20号（邮编：250014）
　　　　　电话:(0531)86193019　　86193028
制版印刷：北京盛通印刷股份有限公司
开　　本：700mm×1000mm　16开　8.75印张
版　　次：2018年3月第1版　2018年3月第1次印刷
字　　数：157千字
印　　数：1—15000
定　　价：29.80元

部编本初中语文教材指定阅读

考试手册

《故湘纪行》（湘行散记·边城）

5 年中考真题

3 年模拟试题

◆ **知识一点通**

◆ **训考一次过**

目　录

阅读方法

巧用精细分析法，品味名著点滴香

步骤一：初步感知，激发阅读兴味。

1 初步阅读名著的序、目录。

2 了解作者及写作背景。

（1）了解作者生平；（2）把握名著写作背景。

3 借鉴他人评价，综合了解名著地位。

步骤二：巧用方法，聚焦核心考点。

4 浏览阅读。

（1）概括内容梗概；（2）理清全书的主要情节；（3）熟悉人物姓名、绰号、典型语言；（4）摘抄、批注文中的优美词句。

5 精读名著。

（1）理解重点词语含义；（2）理清写作线索；（3）分析重点句段的作用；（4）分析写作手法；（5）感受作品中生动的人物形象；（6）分析作品的构思技巧；（7）体会作者表达的思想感情，领悟作品内涵。

6 个性化阅读。

（1）理解名著多角度的主题思想；（2）鉴赏文中个性化的环境描写、细节描写。

步骤三：合作交流，巩固阅读成果。

7 列出人物关系图，探究人物命运。

8 勤于动笔，书写读后感悟。

（1）领会名著的现实意义；（2）提出问题并发表看法；（3）发挥想象，改写或续写结尾部分。

9 与同学交流，深入理解名著。

（1）合作讨论，交流名著阅读心得；（2）代入情境，思考作者对人生、对社会的深刻认识。

阅读计划

　　沈从文笔下纯美的湘西世界让无数人为之心驰神往。他生于斯、长于斯,对这片土地充满了深沉的爱恋,他用最美的语言、最真的情感,为人们构建了一个心灵的栖息地。请你根据计划阅读《故湘纪行》,并把你的感受写下来。

时间	阅读计划
第一周	我喜爱读的内容: 我的感悟:
第二周	我喜爱读的内容: 我的感悟:

第三周	我喜爱读的内容： 我的感悟：
第四周	我喜爱读的内容： 我的感悟：
第五周	我喜爱读的内容： 我的感悟：

知识积累篇

一、作家作品

1 作者简介

　　沈从文（1902－1988），原名沈岳焕，字崇文，湖南凤凰人，不仅是作家、史学家，还是我国著名的文物研究者，历时 15 年编写了《中国古代服饰研究》，填补了中国物质文化史上的一页空白。

　　沈从文的著作颇丰，代表作有《长河》《湘行散记》《湘西》等等，在国内外有着重大的影响。其中最著名的是中篇小说《边城》，该篇表现了自然、民风和人性的美，描绘了富于诗情画意的乡村风俗画卷，充满牧歌情调和地方色彩，多次被搬上银幕，成为抒情乡土小说中的经典之作。他的小说都具有一种特殊的气质，充满诗意和挥之不去的淡淡伤感，又弥漫着湘西独有的生活韵味，将自然美与人情美熔于一炉，字里行间满是诗情画意。

2 创作背景

　　《故湘纪行》是一本作品合集，主要包括散文和小说两部分，散文源于《湘行散记》，小说选用了沈从文的代表作《边城》。

　　1934 年，沈从文因母亲病危，匆匆赶回湘西老家。行前，他与妻子张兆和约定，每天给她写一封信，记录途中的所见所闻、所感所思。于是这些信札集成了散文集《湘行散记》。

　　《边城》完成于 1934 年。当时社会动荡不安，到处充溢着物欲金钱主义至上的观念，中国的传统美德遭到严重破坏，许多有良知的知识分子都开始思考人性的本质，沈从文自然也是其中一员。他曾说，他创作《边城》的目的，不是为了描绘一幅与现实隔绝的世外桃源图，而是要表现一种人生形式！作者通过描写一个世外桃源般的湘西小城，歌颂了人间的挚爱真情，并给迷失在城市文明、物欲世界中的人性指引了一条出路。

二、内容概要

《故湘纪行》包括散文集《湘行散记》和小说《边城》两部分。

《湘行散记》共十二篇散文,是沈从文根据湘行途中所遇之人和所发生的故事创作的。中国现代散文兴起于五四时期,到了 20 世纪 30 年代,多以小品形式为主。《湘行散记》中的散文,既能独立成篇,又具有内在的整体性。文章饱含历史责任感,将民族问题和社会矛盾融汇在记人叙事中。

《鸭窠围的夜》是其中的名篇,作家夜泊鸭窠围,在夜色的衬托下吐露自己最真挚感人的心声,在众多散文中显得格外动人。

《老伴》讲述了作者的一位老朋友,年轻时的他向往军营生活,立志当副官。他爱上了一个女孩子,女孩子家开了一间绒线铺,于是他一有机会就去店里买点东西。多年以后,作者再次回到那个地方,想起往事,便想去那条街走走,想看看那家绒线铺还在不在。没想到店铺还在,店主人竟是他的那位老朋友,但是他已经衰老得不成样子了,这是沾上了烟瘾的缘故。而卖绒线的仍然是一个女孩,跟曾经的那个女孩长得一模一样。她正是那位老友的女儿。

《一个多情的水手和一个多情的妇人》略具小说的雏形,描写了男女之事的悲剧。《箱子岩》回忆了大端午划龙船的往事。还有几篇介绍一个地方的类似方志的文章,像《桃源和沅州》和《一九三四年一月十八》。

《边城》是沈从文最具代表性的中篇小说。《边城》的语言是沈从文盛年的语言,最好的语言,也是他作品中最能表现人性美的一部小说。该篇讲述了发生在湘西茶峒小城的一个爱情故事:船总顺顺有两个儿子,老大天保,老二傩送,他们都喜欢老船工的孙女翠翠,而翠翠对傩送情有独钟。天保主动退出却落水淹死。顺顺和傩送却由此对翠翠的祖父心生误会,顺顺要傩送另娶一位富家女子,傩送不肯,赌气出走。最后,老船工去世,翠翠独自一人苦等爱人回来。

三、考点解读

1 人物分析

（1）人物介绍

《边城》之人物

翠翠

人物出场：

翠翠在风日里长养着,把皮肤变得黑黑的,触目为青山绿水,一对眸子清明如水晶。自然既长养她且教育她,为人天真活泼,处处俨然如一只小兽物。人又那么乖,如山头黄麂一样,从不想到残忍事情,从不发愁,从不动气。平时在渡船上遇陌生人对她有所注意时,便把光光的眼睛瞅着那陌生人,作成随时皆可举步逃入深山的神气,但明白了人无机心后,就又从从容容地在水边玩耍了。

性格特点：

天真善良,正直朴素。 翠翠自小失去父母,和外公相依为命。她乖巧懂事,懂得心疼和体谅外公。她淳朴善良,没有一丝杂念,热爱一切美好的事物,即使对野鸭子也抱有最美好的情感。

温柔纯情,坚贞执着。 在祖父死后,翠翠勇敢地担负起渡船的责任,默默地等待着心上人傩送的归来,表现了她对爱情的赤诚和执着。

祖父

人物出场：

活了七十年,从二十岁起便守在这小溪边,五十年来不知把船来去渡了若干人。年纪虽那么老了,本来应当休息了,但天不许他休息,他仿佛便不能够同这一份生活离开。他从不思索自己的职务对于本人的意义,只是静静地很忠实地在那里活下去。

性格特点：

善良勤劳,朴实本分,隐忍坚强。他经历了女儿女婿双双殉情的巨大打击,却隐忍悲痛,独自将孙女抚养成人,为翠翠的婚事不辞辛苦地操劳着;不管白天黑夜还是刮风下雨,即使是令人神往的端阳龙舟,他都寂寞地独守渡船,几十年如一日。他具有传统的美好品德,是劳动人民的典型代表。

乐善好施,却从不索取。他尽自己的力量去为别人服务,即使外孙女几次三番地唤他回去,他也会坚持渡完最后一个人才收工;过渡的人感激老人的热诚尽责,想要报答他,他却甘守清贫,从没想过获得别人的报答,也从不把钱财放在心上,还说"我有口粮,三斗米七百钱,够了。"

天保

人物描述:

到如今,他的儿子大的已十六岁,小的已十四岁。两个年轻人皆结实如小公牛,能驾船,能泅水,能走长路。凡从小乡城里出身的年轻人所能够作的事,他们无一不作,作去无一不精。年纪较长的,如他们爸爸一样,豪放豁达,不拘常套小节。

性格特点:

个性豪爽、慷慨,具有男子气概。天保是船总的大儿子,和自己的弟弟同时爱上了纯洁的翠翠,为了成全弟弟,他选择了退出,充分展现了兄弟俩浓浓的手足情深和天保爽朗、豪迈的个性。

傩送

人物外貌:

年幼的则气质近于那个白脸黑发的母亲,不爱说话,眼眉却秀拔出群,一望即知其为人聪明而又富于感情。

性格特点:

勇敢追求真爱。傩送钟情于翠翠,想通过唱歌来表达自己的情谊,是一个敢于追求心中所爱、对爱情执着专一的人。

蔑视权财。傩送对王团总女儿丰厚的嫁妆毫不动心,蔑视财富和权力。

（2）人物关系图示

《边城》

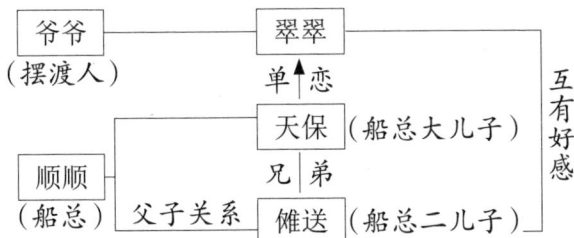

《老伴》

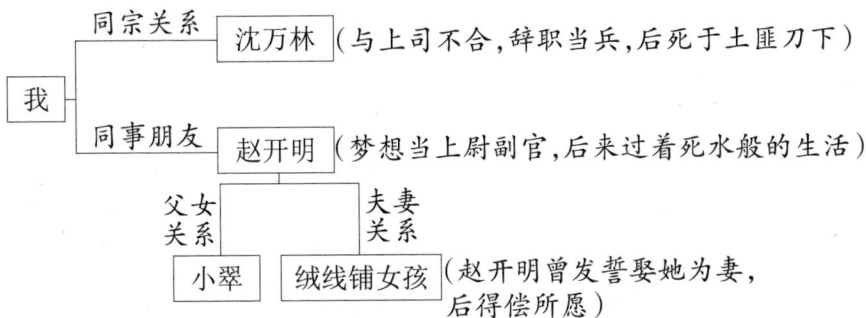

《虎雏再遇记》

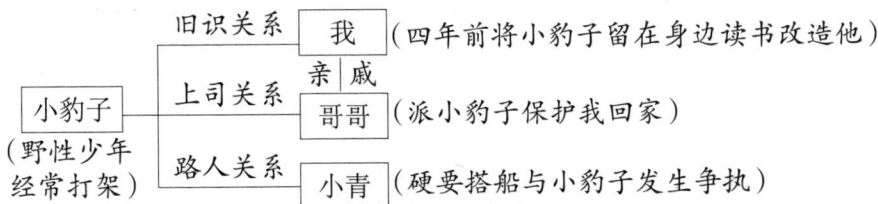

《一个爱惜鼻子的朋友》

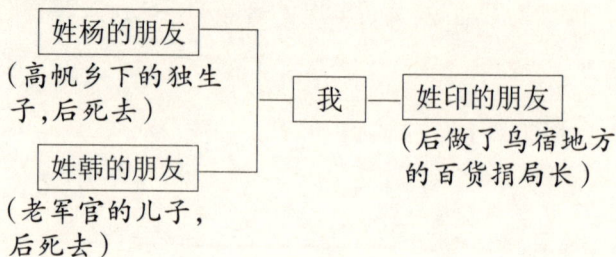

```
          ┌─ 姓杨的朋友 ──┐
          │ （高帆乡下的独生 │
          │  子，后死去）   │              ┌─ 姓印的朋友
          │               ├─ 我 ─┤  （后做了乌宿地方
          │ 姓韩的朋友 ──┘        的百货捐局长）
          └─ （老军官的儿子，
               后死去）
```

《腾回生堂的今昔》

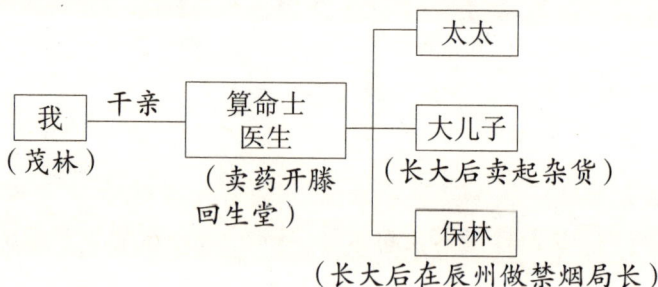

```
                                   ┌─ 太太
                                   │
  我 ── 干亲 ── 算命士 ───────────┼─ 大儿子
 （茂林）        医生             │  （长大后卖起杂货）
              （卖药开滕         │
               回生堂）          └─ 保林
                              （长大后在辰州做禁烟局长）
```

2 主题思想

（1）《故湘纪行》用诗一样的语言描写了湘西的风土人情，塑造了一个个具有美好品质的典型人物，在这些人物身上，都闪现着人性的光辉，处处体现出作者浪漫主义的审美情趣。

（2）透过这些优美的风景和具有澄澈心灵的人，我们逐渐了解了民族区域文化的神秘之美，可是这里并不是一个世外桃源，外面的动乱和变革依旧以不可阻挡的力量渗透了进来，军阀的混战、黑暗的社会，让底层人民处在水深火热的痛苦边缘。可随着大时代的新旧交替，人们的生活在悄然发生改变。

3 艺术特色

（1）**独特的艺术意境**。沈从文用唯美的笔调创设了一个如梦似幻的湘西世界，呈现了截然不同的风俗美与人性美。通过作者笔下的凡夫俗子、凡尘琐事,读者能够发掘出善良的人性和唯美的情操,这些为其作品创造了独特的艺术意境。

（2）**含蓄淡雅的语言,注重人物心理的刻画。**在这些作品中,并没有大段的雷霆暴雨般的描写和抒情,而是通过细腻的描绘,展现了人物的情感状态。《边城》这部作品,主要通过对翠翠的心理描写,来展示翠翠丰富细腻的内心世界。这不仅符合一个情窦初开女孩的人物设定,更重要的是,使整个作品于细节中见功力。

（3）**浓郁的地方色彩。**沈从文是凤凰人,他通过对自己最熟悉的这片土地的描绘,展现了一幅湘西特有的生活画卷。整部作品弥漫着浓郁的地方色彩,这是该作品最主要的特色,因此沈从文的乡土文学也被称为"湘西文学"。

4 经典名句

（1）白河下游到辰州与沅水汇流后,便略显浑浊,有出山泉水的意思。若溯流而上,则三丈五丈的深潭皆清澈见底。深潭中为白日所映照,河底小小白石子,有花纹的玛瑙石子,全看得明明白白。水中游鱼来去,皆如浮在空气里。两岸多高山,山中多可以造纸的细竹,长年作深翠颜色,逼人眼目。近水人家多在桃杏花里,春天时只需注意,凡有桃花处必有人家,凡有人家处必可沽酒。

（2）不许哭,做一个大人,不管有什么事都不许哭。要硬扎一点,结实一点,才配活到这块土地上!

（3）每一只船总要有个码头,每一只雀儿得有个窠。

（4）火是各处可烧的,水是各处可流的,日月是各处可照的,爱情是各处可到的。

（5）这个人也许永远不回来了,也许明天回来!

（6）我忘了这份长长岁月在人事上所发生的变化,恰同小说书本上角色一样,怀了不可形容的童心,上了堤岸进了城。

（7）我认识他们的哀乐,这一切我也有份。看他们在那里把每个日子打发下去,也是眼泪也是笑,离我虽那么远,同时又与我那么相近。

（8）照习惯说来,凡为一切药物治不好的病,便同"命运"有关。

（9）望着汤汤的流水,我心中好像忽然彻悟了一点人生,同时又好像从这条河上,新得到了一点智慧。的的确确,这河水过去给我的是"知识",如今给我的却是"智慧"。

5 精段鉴赏

（一）

掌水码头的龙头大哥顺顺,年轻时节便是一个泅水的高手,入水中去追逐鸭子,在任何情形下总不落空。但一到次子傩送年过十二岁时,已能入水闭气泳着到鸭子身边,再忽然从水中冒水而出,把鸭子捉到,这作爸爸的便解嘲似的向孩子们说:"好,这种事有你们来作,我不必再下水和你们争显本领了。"

赏析:"这种事有你们来作,我不必再下水……"简短的一句话体现了顺顺对两个儿子的赞许与信任,也从侧面表现出天保、傩送两人皆是当地泅水划船好选手。

（二）

两省接壤处,十余年来主持地方军事的,注重在安辑保守,处置还得法,并无变故发生。水陆商务既不至于受战争停顿,也不至于为土匪影响,一切莫不极有秩序,人民也莫不安分乐生。这些人,除了家中死了牛,翻了船,或发生别的死亡大变,为一种不幸所绊倒,觉得十分伤心外,中国其他地方正在如何不幸挣扎中的情形,似乎就还不曾为这边城人民所感到。

边城所在一年中最热闹的日子,是端午、中秋和过年。三个节日过去三五十年前,如何兴奋了这地方人,直到现在,还毫无什么变化,仍能成为那地方居民最有意义的几个日子。

赏析:这段文字从地理位置、自然环境、人文环境等方面介绍了边城。为文中故事的发生铺设了背景,这里像一个世外桃源,似乎并没有过多受到外界的打扰,这里民风彪悍而淳朴,蒙昧而敦厚。

(三)

翻过了小山岨,望得见对溪家中火光时,那一方面也看见了翠翠方面的火把,老船夫即刻把船拉过来,一面拉船一面哑声儿喊问:"翠翠,翠翠,是不是你?"翠翠不理会祖父,口中却轻轻地说:"不是翠翠,不是翠翠,翠翠早被大河里鲤鱼吃去了。"翠翠上了船,二老派来的人,打着火把走了,祖父牵着船问:"翠翠,你怎么不答应我,生我的气了吗?"

翠翠站在船头还是不作声。翠翠对祖父那一点儿埋怨,等到把船拉过了溪,一到了家中,看明白了醉倒的另一个老人后,就完事了。但另一件事,属于自己不关祖父的,却使翠翠沉默了一个夜晚。

赏析: 这一段描写了祖孙俩闹别扭的情景,老船夫挂念着自己的孙女,时刻惦记着她的安危。翠翠虽对爷爷有一点埋怨,但是她没有真的生气,她知道爷爷对她的关爱,她也同样默默地关爱着自己的爷爷。

(四)

沅州上游不远有个白燕溪,小溪谷里生长芷草,到如今还随处可见。这种兰科植物生根在悬崖罅隙间,或蔓延到松树枝桠上,长叶飘拂,花朵下垂成一长串,风致楚楚。花叶形体较建兰柔和,香味较建兰淡远。游白燕溪的可坐小船去,船上人若伸手可及,多随意伸手摘花,顷刻就成一束。若崖石过高,还可以用竹篙将花打下,尽它堕入清溪洄流里,再从溪里把花捞起。除了兰芷以外,还有不少香草香花,在溪边崖下繁殖。那种黛色无际的崖石,那种一丛丛幽香眩目的奇葩,那种小小洄旋的溪流,合成一个如何不可言说、迷人心目的圣境!若没有这种地方,屈原便再疯一点,据我想来,他文章未必就能写得那么美丽。

赏析: 作者调动了视觉、嗅觉、触觉等多种感官,在大自然中体味并捕捉图像和气味,作者凭借自己奇特的想象,将景物描写和人物事物描写相结合,形象生动地刻画了白燕溪的香草香花,使它们拥有独特的身份和绝对的个性,呈现出自然纯粹的美。

(五)

那一天正是五月十五,河中人过大端阳节。

箱子岩洞窟中最美丽的三只龙船,早被乡下人拖出浮在水面上。

船只狭而长,船舷描绘有朱红线条,全船坐满了青年桨手,头腰各缠红布。鼓声起处,船便如一支没羽箭,在平静无波的长潭中来去如飞。河身大约一里路宽,两岸皆有人看船,大声呐喊助兴。且有好事者,从后山爬到悬岩顶上去,把"铺地锦"百子边炮从高岩上抛下,尽边炮在半空中爆裂,形成一团团五彩碎纸云尘,嘭嘭嘭嘭的边炮声与水面船中锣鼓声相应和。引起人对于历史回溯发生一种幻想,一点感慨。

赏析:这段文字描写了箱子岩划龙舟的热烈场面,展现了一种生命最原始的力量的美感,充满浓郁的地方气息,对富有激情和力量的生命进行了赞美。

(六)

十四年后我又有了机会乘坐小船沿辰河上行,应当经过箱子岩。我想温习温习那地方给我的印象,就要管船的不问迟早,把小船在箱子岩下停泊。这一天是十二月七号,快要过年的光景。没有太阳的阴沉酿雪天,气候异常寒冷。停船时还只下午三点钟左右,岩壁上藤萝草木叶子多已萎落,显得那一带斑驳岩壁十分瘦削。

赏析:这是一段自然环境描写,用十五年后的现状和记忆中的光景进行了对比,展现出如今沉郁的箱子岩已不复当初的样子,作者用环境来暗示民生,表达了改变现状的愿望。

(七)

姓印的可算得是个球迷。任何人邀他踢球,他必高兴奉陪,球离他不管多远,他总得赶去踢那么一脚。每到星期天,军营中有人往沿河下游四里的教练营大操场同学兵玩球时,这个人也必参加热闹。大操场里极多牛粪,有一次同人争球,见牛粪也拼命一脚踢去,弄得另一个人全身一塌糊涂。这朋友眼睛不能辨别面前的皮球同牛粪,心地可雪亮透明。体力身材皆不如人,倒有个很好的脑子。玩虽玩得厉害,应月考时各种功课皆有极好成绩。性情诙谐而快乐,并且富于应变之才,因此全校一切正当活动少不了他,大家亲昵地称呼他为"印瞎子",承认他的聪明,同时也断定他会短命。

每到有人说他寿命不永时,他便指定自己的鼻子:"大爷,别损我。我有这条鼻子,活到八十八,也无灾无难!"

赏析:作者列举印姓朋友的几件事,用动作描写和语言描写,勾画出朋友喜爱踢球、诙谐幽默的个性。

6 读后感悟

(一) 等待的智慧

——我读《边城》

《边城》以诗一样的语言讲述了一个女孩既浪漫又悲伤的故事。读后让人心中不禁生出淡淡的落寞和伤感。

在一个偏僻、美丽、像世外桃源一样的地方有一个纯洁无瑕的女孩,她的名字叫翠翠。她是一个孤儿,和自己的外公相依为命,被外公视为掌上明珠。虽然身世凄苦,但是翠翠一点也没有受到世俗的污染;虽然家境贫寒,却在爱中长大。

外公是一个摆渡人,以此维生,却从不计较钱财,一心一意想要做好自己的事情,尽自己的力量去帮助需要帮助的人。正是因此,翠翠从小受到外公的熏染,成为了一个善良、勤劳的女孩。

后来翠翠遇到了两个人,她遵从内心的选择,对自己的爱情充满执着和坚持,在经历了傩送的出走和爷爷的离去之后,善良单纯的小女孩变成了一个成熟的人,她选择等待,等待那个心心念念的人回来。小说的最后翠翠发生了质的改变和升华,从一个懵懂的女孩变成了一个坚强的人。

我们总是在经历了风雨之后才懂得坚强的含义。那些我们无力改变的事情，唯有坚持和等待。我相信翠翠一定等来了她想要等的人。在我们的人生中，对于值得坚持的事情，一定不能放弃；在不能选择的时候，就默默准备，等待奇迹的发生，这未尝不是一种智慧。

（二）走进沈从文的湘西世界

——读《故湘纪行》有感

翻开沈从文的《故湘纪行》就像走入了一个神秘的世界，这里的风景我见所未见，这里的故事也闻所未闻，一切都是新鲜的、神奇的。

在那遥远的地方，有一座座记不清年代的吊脚楼，它们依次排列在河水边，宛如一个个存满故事的老人，正静静地聆听河水的诉说。船儿在河里随着河水轻轻摇晃，那一个个的小窗边，不知道是谁在远远张望。岸边有浣衣的少女，轻轻扬起水花，在一片迷蒙中，观望的人不觉沉醉其中……这里安宁着，热闹着。

我仿佛看见了在水边看水鸭子的翠翠，和撑着船的老船夫；我还依稀看到了抱着小孩子的萧萧，正细心地扎着一个花环，轻轻戴在了小孩的头上；远远的山边，传来了一阵婉转嘹亮的歌声，那是傩送在唱着情歌吧。忽然，更远的地方传来了热闹的呼号声，一艘装扮艳丽的龙舟从河上呼啸而过，人群的喧闹声传到了山的另一边……

这是茶峒，是沈从文点一杆草烟凝望一生的地方。这就是美丽的湘西，一个让无数人心生向往的地方。这里的一切都是那么陌生，却又是那样熟悉，我随着沈从文先生的那叶小船，感受到了这里无尽的美好。

我的读后感：

_____

_____

_____

_____

知能全练篇

五年中考真题

1.（2017·贵州黔东南）下列有关文学文化常识及课文内容的表述,不正确的一项是(　　)

A.《海燕》是苏联作家高尔基写的"幻想曲"《海燕之歌》的结尾部分,原题为《春天的旋律》。作为无产阶级艺术最伟大的代表者,高尔基著有长篇小说《母亲》以及自传体三部曲《童年》《在人间》《我的大学》。

B.脸谱是京剧的一大特点,可以帮助理解剧情。简单来说,红脸代表忠勇;黑脸代表猛智;蓝脸绿脸代表草莽英雄;黄脸和白脸代表凶诈;金脸银脸代表神秘。

C.《云南的歌会》是一篇极富情趣的散文,作者沈从文是现代作家,代表作有《边城》。这篇散文在"歌会"的大标题下,描绘了"山野对歌""山路漫歌""村寨传歌"三种歌唱场景。

D.先秦诸子散文产生于春秋战国百家争鸣的时代,主要的著作有《论语》《孟子》《墨子》《老子》《庄子》《荀子》《韩非子》等。其散文大多文情并茂,极具文采,善用警喻陈说事理,论辩是非,增强了说服力,而排比、夸张等修辞的大量运用更使文章辞采缤纷。

2.（2016·云南昆明）选出下列说法中有误的一项是(　　)

A.古代文人常用字、号(谥号)、籍贯、官职等命名著作。如《欧阳文忠集》《柳河东集》《太史公书》就分别用了谥号、籍贯、官职来命名。

B.清代文学家蒲松龄世称"聊斋先生",他写的《聊斋志异》是我国著名的文言短篇小说集,以谈鬼说狐的方式反映现实。

C.《端午日》选自《沈从文小说选·边城》,沈从文的创作中影响较大的是乡土小说,小说富有风俗美和人情美。

D.19世纪的俄国涌现了一批世界级的文学大师,并产生了许多优秀的文学巨著,如列夫·托尔斯泰和契诃夫,以及他们的代表作《战争与和平》和《羊脂球》等。

3.(2016·浙江金华)名著阅读。

(1)人们说话的口吻通常与其性格相应,作家在塑造人物时,也会借言谈来凸显其性格。下面是某名著中同一女性在不同场合所说的话,依据你对下列小说人物的认识,选出最有可能的一项(　　)

①"别愣着!去,把车放下,赶紧回来,有话跟你说,屋里见。"

②"你当我怕谁是怎着?你打算怎样?你要是不愿意听我的,我正没工夫跟你费唾沫玩!说翻了的话,我会堵着你的宅门骂三天三夜!你上哪儿我也找得着!我还是不论秧子!"

③"你说话呀!成心逗人家的火是怎么着?你有嘴没有?有嘴没有?"

A.孙二娘　　B.简·爱　　C.虎妞　　D.翠翠

(2)杨绛先生笔下的"老王",送身处困境的钱钟书先生去医院,"却坚决不肯拿钱"。沈从文的《边城》中也有很多人淡然面对金钱,请写出一个相关情节并对该人物的作法予以评价。

_____

_____

_____

4.(2016·山东日照)下列关于文学、文化常识的表述,正确的一项是(　　)

A.《资治通鉴》是司马光主持编纂的一部纪传体通史,本书编撰的目的是"鉴于往事,有资于治道",为封建统治阶级提供政治借鉴。

B.沈从文,原名沈岳焕,湖南凤凰人,作家、历史文物研究家。代表作品有散文集《湘行散记》、中篇小说《边城》等。

C.乡试是明清两代每三年在省城举行的一次考试。参加乡试而被录取的称举人,第一名叫解元。举人可直接参加殿试,殿试第一名称状元。

D.古代表示任用提拔的说法有举、拜、陟,如"陟罚臧否"中的"陟"就是提拔的意思;表示降职的有迁、黜、贬、谪,如"滕子京谪守巴陵郡"中"谪"就是贬官的意思。

5.(2016·江苏扬州)下面关于文学作品内容及常识的表述,不完全准确的一项是(   )

阅读文学作品,是一种文化的积累,一种知识的积累,一种智慧的积累,一种感情的积累。

A.赏析沈从文的《端午日》,能了解湘西茶峒人端午节赛龙舟、抓鸭子等习俗,感受他们奋发向上、合作争先、向往自由的民族精神。

B.品读沈括的《梦溪笔谈》,能知晓我国古代人民在天文、地理、农业、工程技术等方面的科学成就,活字版印刷术就是其中的成就之一。

C.欣赏莎士比亚的《威尼斯商人》,能看到鲍西娅超群出众的才智,她欲擒故纵、先退后进,一步步将夏洛克引入了陷阱。

D.诵读朱自清的《背影》,能体会父亲肥胖背影下的浓浓爱子之情。

6.(2014·湖北黄石)下列关于名家名作及文学常识的表述,不正确的一项是(   )

A.沈从文,现代作家。他的散文《云南的歌会》字里行间洋溢着对自然、对人、对艺术的品味和赞赏。

B.都德,法国作家。他的小说《最后一课》以小弗郎士的口吻,记叙了韩麦尔先生给学生上最后一堂法语课的情形。

C.《简·爱》是德国作家夏洛蒂·勃朗特创作的小说。小说以第三人称叙述,情节曲折,气氛诡异,悬念迭起。

D.《水浒传》是中国第一部歌颂农民起义的长篇章回体小说。小说塑造了宋江、武松等一大批人物形象,鲜明地表现了"官逼民反"的主题。

三年考场模拟

1. （2017·贵州铜仁）下面对《边城》的解说，不正确的一项是
（　　）

A. 沈从文的创作取材极广，艺术手法灵活多样，但他最执着追求表现的是那种纯真的、带有某种原始意味的人性美，他在山清水秀的湘西边地苦苦地构筑他的人生形态。《边城》是这方面最重要的代表。

B. 祖父决意多做点事，等他把人渡完后再回家吃晚饭。这反映了翠翠和祖父相依为命，家境贫寒，祖父想多挣点钱来维持生计的客观现实。

C. 天保大老决定离开故乡，主要是因为和弟弟之间的情爱争斗，他想忘记以往的一切，以成全弟弟傩送。

D. 他到城里的事情，祖父坚决不向翠翠透露一个字，是因为他不想让这些事徒增翠翠的烦恼。

2. （2017·山东日照）名著阅读。

一个跛脚青年人，手中提了一个老虎牌新桅灯，灯罩光光的，洒摇着从外面走进屋子。许多人见了他都同声叫唤起来："什长，你发财回来了！好个灯！"

那跛子年纪虽很轻，脸上却刻划了一种兵油子的油气与骄气，在乡下人中仿佛身分特高一层。<u>把灯搁在木桌上，大洋洋的坐近火边来，拉开两腿摊出两只大手烘火，满不高兴地说："碰鬼，运气坏，什么都完了。"</u>

（1）这段文字出自沈从文的《_____》。

（2）画线句表现了什长怎样的心理？

_____

_____

3. （2016·云南曲靖）下面对有关名著的解说，不正确的一项是
（　　）

A. "我要坐船下桃源县过洞庭湖，让爷爷满城打锣去叫我，点了灯

笼火把去找我。"这是翠翠的心理描写,表现其天真纯洁性格。

B."月光如银子,无处不可照及,山上竹篁在月光下变成一片黑色。身边草丛中虫声繁密如落雨。间或不知道从什么地方,忽然会有一只草莺'嘘'啭着它的喉咙,不久之间,这小鸟儿又好像明白这是半夜,不应当那么吵闹,便仍然闭着那小小眼儿安睡了。"这是环境描写,为祖孙俩夜晚讲故事渲染安宁静谧的气氛。

C."爷爷,你说唱歌,我昨天就在梦里听到一种顶好听的歌声,又软又缠绵,我像跟了这声音各处飞,飞到对溪悬崖半腰,摘了一大把虎耳草,得到了虎耳草,我可不知道把这个东西交给谁去了。我睡得真好,梦的真有趣。"这是翠翠的心理描写,表现了她的纯洁天真,对美好爱情的朦胧憧憬。

D."翠翠,梦里的歌可以使你爬上高崖去摘那虎耳草,若当真有谁来在对溪高崖上为你唱歌,你预备怎么样?"这是爷爷的语言描写,表现祖父对孙女的爱情的关心。

4.(2015·云南昆明)名著阅读。

有一次,几个人在一株大树下言志,讨论到各人将来的事业。姓杨的想办团防,因为作了团总就可以不受人敲诈,倒真是个地主的好打算。姓韩的想作副官长,原因是他爸爸也作过副官长,所谓承先人之业是也。还有想管"常平仓"的,想作县公署第一科长的,想作苗守备官下苗乡去称王作霸的,以及想作徐良、黄天霸,身穿夜行衣,反手接飞镖,以便打富济贫的。

有人询问那个近视眼,想知道他将来准备作什么。

他伸手出去对那个发问人打了个响榧子:"不要小看我印瞎子,我不像你们那么无出息。我要做个伟人!说大话不算数,你们等着瞧吧。看相的王半仙夸奖我这条鼻子是一条龙,赵匡胤黄袍加身,不儿戏!"

(1)文段中的主人公出自《＿＿＿＿＿＿＿＿》。

(2)三个人的理想各是什么?

＿＿＿＿＿＿＿＿＿＿＿＿＿＿＿＿＿＿＿＿＿＿＿＿＿＿＿＿

＿＿＿＿＿＿＿＿＿＿＿＿＿＿＿＿＿＿＿＿＿＿＿＿＿＿＿＿

5.（2015·浙江金华）名著阅读。

那水上名人同祖父谈话时，翠翠虽装作眺望河中景致，耳朵却把每一句话听得清清楚楚。那人向祖父说翠翠长得很美，问过翠翠年纪，又问有不有了人家。祖父则很快乐地夸奖了翠翠不少，且似乎不许别人来关心翠翠的婚事，故一到这件事便闭口不谈。

回家时，祖父抱了那只白鸭子同别的东西，翠翠打火把引路。两人沿城墙走去，一面是城，一面是水。祖父说："顺顺真是个好人，大方得很。大老也很好。这一家人都好！"翠翠说："一家人都好，你认识他们一家人吗？"祖父不明白这句话的意思所在，因为今天太高兴一点，便笑着说："翠翠，假若大老要你做媳妇，请人来做媒，你答应不答应？"翠翠就说："爷爷，你疯了！再说我就生你的气！"

祖父话虽不说了，心中却很显然地还转着这些可笑的不好的念头。翠翠着了恼，把火炬向路两旁乱晃着，向前快快地走去了。

"翠翠，莫闹，我摔到河里去，鸭子会走脱的！"

"谁也不稀罕那只鸭子！"

祖父明白翠翠为什么事不高兴，便唱起摇橹人驶船下滩时催橹的歌声，声音虽然哑沙沙的，字眼儿却稳稳当当毫不含糊。翠翠一面听着一面向前走去，忽然停住了发问：

"爷爷，你的船是不是正在下青浪滩呢？"

（1）翠翠说"谁也不稀罕那只鸭子"，这句话表现了翠翠什么样的心理？

_____

_____

（2）当爷爷提到假如大老请人做媒娶翠翠时，翠翠为什么会"快快"，为何心里感到不高兴呢？

_____

_____

6. （2016•贵州贵阳）名著阅读。

二老说："爸爸,你以为这事为你,家中多座碾坊多个人,你可以快活,你就答应了。若果为的是我,我要好好去想一下,过些日子再说它吧。我尚不知道我应当得座碾坊,还是应当得一只渡船:我命里或只许我撑个渡船!"

（1）"得座碾坊"和"得一只渡船"分别指什么?

_____

_____

（2）"我尚不知道我应当得座碾坊,还是应当得一只渡船"的根本原因是什么?

_____

_____

7. （2017•江苏南京）名著阅读。

过渡人一看老船夫不见了,翠翠辫子上扎了白绒,就明白那老的已作完了自己分上的工作,安安静静躺到土坑里去了,便一面用同情的眼色瞧着翠翠,一面摸出钱来塞到竹筒中去。"天保佑你,死了的到西方去,活下的永保平安。"翠翠明白那些捐钱人的怜悯与同情意思,心里软软的,酸酸的,忙把身子背过去拉船。

到了冬天,那个圮坍了的白塔,又重新修好了。那个在月下唱歌,使翠翠在睡梦里为歌声把灵魂轻轻浮起的年轻人,还不曾回到茶峒来。

这个人也许永远不回来了,也许明天回来!

（1）老船夫与世长辞之后,翠翠是怎么选择自己的人生的?

_____

_____

（2）对这小说的结尾,谈谈你的感受。

_____

_____

8.（2014·湖北武汉）《边城》中，端午赛龙舟，二老失足落水，上岸后迎面碰上翠翠。翠翠没有说话，到处找黄狗。黄狗泅水而来，翠翠说："得了，狗，装什么疯。你又不翻船，谁要你落水呢？"翠翠对黄狗说话这一情节，体现了她什么样的心理活动？

_____

_____

9.（2016·北京海淀）有人说："一本好小说，既要有意义，又要有意思。"请你以下面的一部名著为例，谈谈对这种说法的理解。要求：180字左右，观点明确，论据恰当，自圆其说。

《红楼梦》《呐喊》《边城》《红岩》《平凡的世界》《老人与海》

_____

_____

10.（2017·江苏盐城）简答题汇编。

(1)有人说，沈从文小说《边城》中人物形象的共同特点就是"可爱"，即使不属一个阶层的人物也是这样。试举例说明这一特点。

_____

_____

(2)《边城》在故事的发展中穿插了对歌、提亲、赛龙舟等苗族风俗的描写，有什么作用？

_____

_____

(3)沈从文认为环境是人物的外化、人物的衍生物，所以他的小说多从交代环境入手，试分析《边城》的开头部分在这方面的特点。

_____

_____

(4)《边城》让我们了解了许多湘西民俗，请说说"爷爷"向翠翠所说的求婚的两种方式。

_____

_____

（5）有人说："和当今少女相比,翠翠对待爱情太过天真幼稚,不敢大胆追求幸福。"请结合小说情节,谈谈你的看法。

_____

_____

综合模拟检测

一、基础积累

积累文学常识

1. 沈从文（1902－1988）,中国著名作家,原名_____,湖南凤凰人。现代_____家、_____家。

2. 沈从文的乡土小说大多以_____的风俗民情为背景来写的。

3. 沈从文的代表作是_____,其中的主要人物是_____。

4. 沈从文笔下的湘西少女的共同特点是_____。

积累故事情节

5.《边城》中,翠翠爱上了_____,_____由于没有得到翠翠的爱,_____淹死了。

6.《一个多情水手与一个多情妇人》中,水手牛保拿着妇人送的_____送给了我。

7.《老伴》中,"我"回忆了旧时伙伴_____和_____,生发了人类命运的无常和时间轮回的残酷的感慨。

积累人物形象

8.《边城》中的翠翠是个_____、_____的小女孩,他爱上了顺顺的儿子_____。

9.《一个戴水獭皮帽子的朋友》中,"我"的朋友"戴的是一项价值四十八元的水獭皮帽子",这个老友是武陵地域中心春申君墓旁_____的主人。

10.《边城》中的爷爷是一个_____、_____的老船工。他怀着强烈的责任心在溪上摆渡。

二、分析鉴赏

11. 复述《边城》的故事情节。

_____

_____

_____

12. 名著阅读。

(1)这幅图片是沈从文《_____》。

(2)说出图中小女孩的名字并用三个四字短语来概括其性格特征。

_____

_____

13. "由四川过湖南去,靠东有一条官路,这官路将近湘西边境,到了一个地方名叫'茶峒'的小山城时,有一小溪,溪边有座白色小塔,塔下住了一户单独的人家。这人家只一个老人,一个女孩子,一只黄狗。"请鉴赏《边城》这个开头。

_____

_____

_____

14. 《故湘纪行》中所描写的环境表现出哪些特点?

_____

_____

_____

15. 请结合《边城》中的次要人物如船总顺顺、杨总兵等,简析其"人情美"。

_____

_____

_____

16. 请概括《边城》中天保、傩送兄弟的共同特点。

_____

_____

_____

三、片段阅读

17. 阅读《鸭窠围的夜》中的一段文字,完成题目。

天快黄昏时落了一阵雪子,不久就停了。天气真冷,在寒气中一切都仿佛结了冰。便是空气,也像快要冻结的样子。我包定的那一只小船,在天空大把撒着雪子时已泊了岸,从桃源县沿河而上这已是第五个夜晚。看情形晚上还会有风有雪,故船泊岸边时便从各处挑选好地方。沿岸除了某一处有片沙岨宜于泊船以外,其余地方全是黛色如屋的大岩石。石头既然那么大,船又那么小,我们都希望寻觅得到一个能作小船风雪屏障,同时要上岸又还方便的处所。凡是可以泊船的地方早已被当地渔船占去了。小船上的水手,把船上下各处撑去,钢钻头敲打着沿岸大石头,发出好听的声音,结果这只小船,还是不能不同许多大小船只一样,在正当泊船处插了篙子,把当作锚头用的石碇抛到沙上去,尽那行将来到的风雪,摊派到这只船上。

(1)这段文字是《鸭窠围的夜》第一段,这样写的作用是什么?

_____

_____

(2) 如何理解画线句的意思。

_____

_____

18. 名著阅读。

天快夜了，别的雀子似乎都休息了，只杜鹃叫个不息。石头泥土为白日晒了一整天，草木为白日晒了一整天，到这时节皆放散出一种热气。空气中有泥土气味，有草木气味，还有各种甲虫类气味。翠翠看着天上的红云，听着渡口飘来下乡生意人的杂乱声音，心中有些儿薄薄的凄凉。

(1) 此处的环境描写有何作用？

_____

_____

_____

(2) 翠翠为什么心里会感到"薄薄的凄凉"？

_____

_____

19. 阅读《五个军官与一个煤矿工人》，回答问题。

山头为石灰岩，无论晴雨，总可见到烧石灰人窑上飘扬的青烟与白烟。房屋多黑瓦白墙，接瓦连椽紧密如精巧图案。对河与小山城成犄角，上游是一个三角形小阜，阜上有修船造船的干坞与宽坪。位在下游一点，则为一个三角形黑色山嘴，濒河拔峰，山脚一面接受了沅水激流的冲刷，一面被麻阳河长流的淘洗，岩石玲珑透剔。半山有个壮丽辉煌的庙宇，名"丹山寺"，庙宇外岩石间且有成千大小不一的浮雕石佛。太平无事的日子，每逢佳节良辰，当地驻防长官、县知事、小乡绅及商会主席、税局一头目，便乘小船过渡到那个庙宇里饮酒赋诗或玩牌下棋。在那个悬岩半空的庙里，可以眺望上行船的白帆，听下行船摇橹人唱歌。街市尽头下游便是一个长潭，名"斤丝潭"，历来传说，水深到放一斤丝线才能到底。两岸皆五色石壁，矗立如屏障一般。长潭中日夜必有成百只打鱼船,载满了黑色沉默的鱼鹰,浮在河面取鱼。小船挹流而渡,艰难处与美丽处实在可以平分。

地方又出煤炭,是湘西著名产煤区。似乎无处无煤,故山前山后随处可见到用土法开掘的煤井。沿河两岸常有运煤船停泊,码头间无时不有若干黑脸黑手脚汉子,把大块烟煤运送到船上,向船舱中抛去。若过一个取煤斜井边去,就可见到无数同样黑脸黑手脚人物,全身光裸,腰前围上一片破布,头上戴了一盏小灯,向那个俨若地狱的黑井爬进爬出。矿坑随时皆可以坍陷或被水灌入,坍了,淹了,这些到地狱讨生活的人自然也就完事了。

矿区同小山城各驻扎了相当军队。七年前,有一天晚上,一名哨兵扛了枪支,正从一个废弃了的煤井前面经过,忽然从黑暗里跃出了一个煤矿工人,一菜刀把那个哨兵头颅劈成两爿。这煤矿工人很敏捷地把枪支同子弹取下后,便就近埋藏在煤渣里。哨兵尸身被拖到那个浸了半井黑水的煤井边,咚地一声抛下去了。这个哨兵失了踪,军营里当初还以为人开了小差,照例下令各处通缉。直等到两个半月以后,尸身为人在无意中发现时,那个狡猾强悍的煤矿工人,在辰溪与芷江两县交界处的土匪队伍中称小舵把子,干打家劫舍捉肥羊的生涯已多日了。

(1)第一段主要写了什么内容?

_____

(2)第二段有何作用?

_____

_____

(3)从文中看出打死哨兵的煤矿工人怎样的性格特点?

_____

_____

_____

参考答案

五年中考真题

1.D 2.D

3.（1）C （2）示例：老船夫执意不收过渡人的钱，如实在难以拒绝就买茶叶草烟回馈路人。他不占公家的便宜，注重邻里乡情，踏实做事，明白做人，得到了相邻的尊重和敬佩。

4.B 5.A 6.C

三年考场模拟

1.B

2.（1）箱子岩 （2）使用动作描写，运用"搁""坐""拉""摊"等一系列动作，刻画出什长自认为高人一等的优越感；使用神态描写，"大洋洋""满不高兴"显示出什长的骄气。 3.C

4.（1）一个爱惜鼻子的朋友 （2）姓杨的想办团防，姓韩的想作副官长，印瞎子要做个伟人。

5.（1）因为翠翠喜欢老二，但是爷爷却提到老大提亲的事。表现出翠翠的不开心，也表现出少女对于婚嫁之事的害羞。 （2）祖父没能领会翠翠喜欢二老的心思，反而想把翠翠嫁给她不爱的大老，因而心里不高兴。

6.（1）"得座碾坊"，是指他与王家女儿的婚姻；"得一只渡船"，是指他与翠翠的婚姻。 （2）他认为，哥哥天保的死与自己有关，觉得自己如果娶了翠翠就对不起哥哥。

7.（1）翠翠怀着对祖父的伤悼和对情人的系念的双重感情继续守着渡口，摆渡过往行人。夏去冬来，坍了的白塔重建了，而傩送仍未有归期。 （2）白塔的倒掉又重修，象征着原始而古老的湘西的终结，和对重造湘西未来的渴望。二老和翠翠的未来难以预料，反映了作者对"湘西世界"的"理想人生形式"在现代社会冲击下的隐忧。也可能终结，也可能新生。

8.因为听到碾坊一事,心中有些忧愁、嗔怪;因为二老明明对自己有意,又隐隐地有些欢喜。

9.意义与意思兼备,方可成就一本好小说。《边城》便是一例。"意思"指趣味与情致,应在其内容中充分体现,使小说富有生活气息与情味。《边城》之中翠翠与傩送斗嘴打趣的场景,表现了少年少女青涩懵懂的朦胧之美,又平添了生活的趣味,颇有"意思"。而"意义"是阅读后给读者带来的影响,能启迪读者思考。《边城》中描绘出一个美好纯净的世界,以湘西边陲的小城,为身处黑暗时代中的人民奉上了"真善美"的慰藉,抚平人心、点亮希望。如一支清远的牧笛曲,久久回响心头荡涤灵魂。

10.(1)《边城》中不但翠翠、爷爷可爱,就是船总顺顺也是一心为他人着想,当地驻军似乎也能"与民同乐",如端午节的表现就是如此。 (2)展示了作品中美好的人性所处的美好的自然环境和人文环境,既是"边城"乡土性的诗意揭示,又是扑朔迷离的诗意烘托。 (3)《边城》由描写"茶峒"开始,白河、河街、吊脚楼、妓女,写了长长的几节,为翠翠出场作背景。 (4)一种是走车路,就是婚姻由家长做主,请了媒人到女方家中提亲。一种是走马路,就是婚姻由小伙子自己做主,那就为姑娘唱三年六个月歌。 (5)主人公翠翠美丽温柔、纯朴善良、温婉多情,是爱和美的化身。她对待爱情温婉含蓄,忠贞执着。随着时代的发展,现代少女敢于大胆追求爱情和幸福,但似乎少了些含蓄。时代不同,人对爱情的追求也会表现出不同的特点,但并不能因此否定翠翠这个人物形象的独特魅力。

综合模拟检测

1.沈岳焕 作 历史文物研究 2.湘西 3.《边城》 翠翠
4.恬淡自守 5.二老傩送 大老天保 下青浪滩
6.核桃 7.沈万林 赵开明 8.天真善良 温柔清纯 傩送
9.杰云旅馆 10.忠厚善良 勤劳坚强

11.在湘西风光秀丽、人情质朴的边远小城,生活着靠摆渡为生的祖孙二人,外公年逾七十,依然健壮,孙女翠翠年方十五,情窦初开。他们热情助人,纯朴善良。两年前在端午节赛龙舟的盛会上,翠翠邂逅了当地船总的二少爷傩送,从此种下情苗。傩送的哥哥天保喜欢上美丽清纯的翠翠,托人向翠翠的外公求亲,而地方上的王团总看上了傩送,情愿以碾坊作陪嫁把女儿嫁给他。傩送不要碾坊,想娶翠翠为妻,宁愿作个摆渡人。于是兄弟俩相约唱歌求婚,让翠翠选择。天保知道翠翠喜欢傩送,所以他大度地成全弟弟,独自外出闯滩,结果遇难而死。傩送觉得自己对哥哥的死负有责任,抛下翠翠远走他乡。外公为翠翠的婚事操心担忧,在风雨之夜郁郁而终,留下翠翠孤独地守着渡船,痴心地等着傩送归来,"这个人也许永远不回来了,也许明天回来!"

12.(1)边城 (2)翠翠 美丽纯洁、天真无邪、乖巧活泼。

13.开头采取了讲故事的方式。语言朴素,平易亲切(用了顶真修辞格),一下子带起了全文牧歌一样的意境。

14.风景美。湘西山城充满了安静活泼、生机盎然的风景美,天朗、风轻、水清。这是个健康、自然、优美的世界。

15.船总顺顺为人和气、大方、能济人之急。老船夫去世的时候,所有人都来帮翠翠办丧事。杨总兵还一直陪着孤苦的翠翠。从这些人物身上我们都能看到人情之美。

16.两人都是船主,又都是船手。哥俩都忠诚地爱着翠翠,对待爱情又都具有自我牺牲的谦让美德。当自己的幸福与别人发生矛盾时,能忍痛割爱,成人之美。

17.(1)点明气候环境与地理环境,天气的恶劣促使在"鸭窠围"过夜,引起下文对鸭窠围的夜的描写。 (2)使用生动的比喻,把天气的寒冷形象地表现出来。

18.(1)此处的环境中体现了万物生机勃勃,雀子、杜鹃、泥土、甲虫等热烈勃发,这些热闹更反衬了翠翠内心的凄凉。 (2)因为翠翠长大了,青春的躁动开始让她感到孤独,从而增添了对爷爷的依赖。当爷爷热情地招呼陌生人时,她有了一种被冷落的感觉,因而有了凄凉。

19.(1)作者通过细节描写刻画出一幅美丽的湘西画卷。(2)引出下文对矿区中发生的事的叙述。 (3)勇敢,有智慧。

随书附赠